部族の誇り

叢書 الأطلس《エル・アトラス》

L'Honneur de la tribu
Rachid Mimouni

部族の誇り

ラシード・ミムニ

下境真由美訳

水声社

本書は
叢書《エル・アトラス》の一冊として
刊行された

すべての歴史は、寓話の中で深まる。

ヴァレリー

その腕の中で知恵を得た若き夫が
彼らが追われた場所ではなく、そこで始める
それが、人類の母である。

ピエール・エマニュエル

エル・マブルーク家系図

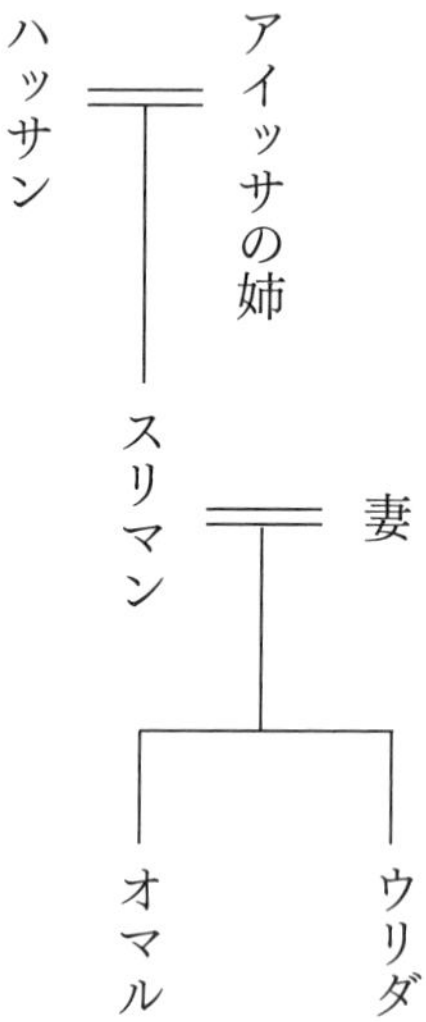

「革命は、お前たちを忘れたわけではないのだ」やって来るなり、彼は言った。
わしらはそのとき、何が起きようとしているのかわからなかった。

だが、高貴で崇高なる者、全知の者、創造者、決定する者、すべての主権を持つ者の名に触れずに、わしはこの話を始めるわけにはいくまい。世界の偉大なる書に、アッラーはすべてを書いたのだ。だから、わしの話を認めてくださるようお願いするのは、アッラーに対してだ。昔話ではない以上、子どもたちが禿げて生まれないよう夜を待って話し始める必要もあるまい。お前は、わしの言うことの意味がわからないまま、聞くことになるだろう。わしらの言葉は古びてしまって、今でも使っているのは何人かの生き残りに過ぎない。この言葉は、わしらと共に消えるだろう。こうして、わしらの過去、わしらの父親のそのまた父親の思い出も消えうせるのだ。この村の人々が一世紀半にわたってどうやって生きてきたのか、知る者もいなくなるだろう。

だから、その機械にわしの言葉を飲み込ませるがいい。

目的の港へと向かうとお前たちが信じている流れの激しい川のほとりに、わしらは今や見捨てられているのだ。

次の春に木が青々と茂るようにするには、枝をいくつか切る必要があることぐらい、わしらも知っている。

それも、受け入れよう。

だが、お前たちはだまされるだろう。

そして、お前たちが自分たちにとって大事ではあるのだが、捉えがたい一部を見いだすために過去をさかのぼらなければならないことに気づいたとき、わしらの声を生き返らせるこの古いテープを掘り起こすことだろう。とは言っても、わしらを理解するためには、お前たちはわしらの言葉を聞き取ることを学ばねばならないだろう。

お前たちがなす苦しい努力の先で、わしらはお前たちを待とう。

だから、その機械を回すがいい。


すべてはある年の七月、猛暑という名の制裁が人間と動物に下った月に始まった。暇をもてあました年寄りたちは、スズメバチの針よりも容赦ない陽の光から逃れようと、日陰から日陰へと移動しながら日々を過ごしていた。暑さのせいであまりの無気力におちいっていたために、年寄りたちは無駄話をする元気もなく、後から来た者の簡素な挨拶に対して答える代わりに、ほとんどわからないほどの会釈しかしなかった。活発だと評判の村の女たちも、脱穀場よりも息苦しい中庭に出るような危険を冒そうとはせず、想像力をかきたてる物憂げなしぐさで疲労感に浸っていた。子どもたちはといえば、皆が普段は収穫期の蟻よりもすばしっこいというのに、大きなユーカリの木の下に避難していた。若者たちは畑で汗水たらして働いているものと、わしらは思っていた。なぜなら、村では立派な父親は長男が父親の代わりに働ける年になると、仕事をやめるからだ。実際は、若者たちはオリーブの木陰でのんびりうたた寝をしており、太陽の攻撃を受け、場所を変えた陰のほうへ這っていくときぐらいしか目を覚まさないのだった。蠅さえも、生き物を追うのをやめ、おそらくどこか気候の穏やかな場所でまどろんでいるに違いなかった。

　時間は正午だったに違いない。村は石化したようだった。そのとき、村を不規則に分断している唯一の小道の近くの曲がり角に、郵便配達員のアリの息子のアリの興奮した姿が現れるのを、わしらは見た。アリは、集会《ジエマア》〔部族の名士が集まり、議論、決定する場〕の長老たちが横になっている三本の無花果《いちじく》の木がある広場に早足でやって来た。郵便局員の異様な興奮状態にわしらは好奇心をそそられた。なぜなら、わしらはアリの息子を、どんな場合にも冷静で、道理をわきまえた分別のある男だと考えていたからだ。この男に対する敬意は、夏であろうと冬であろうと、雨が降ろうと雪が降ろうと、暑さが見慣れた風景を歪ませようと、規則的に毎月支払われる給料を受け取る特権を持つ公務員という地位のために、ますます強くなっていた。

ほんの少しでも重くない空気を求めて、蠅に占領された食料品店を見捨てたジョルジョーは、肘をついて上半身を少し起こした。

「いったいどうして、まじめなアリの息子がこんな状態になってるのかね？」

この質問は、ターバンを頭に巻いた何人かの好奇心をそそり、読み書きのできるこの男が近づいてくるのを見ようと、手の大きさほど起き上がってみせた。

人間の情熱に関する慧眼《けいがん》な分析家であるジョルジョーは、制服を着たこの男の突飛な興奮状態を見て、物知り顔に言った。

「理由は一つしかあり得ない。申請に対する承諾をもらったんだろうよ」

「何のことかね？」

涼しさを好む者たちは、存在を密かに飲み込む、単調だが似たような日が続く安心に満ちた生活を乱しにくる出来事を恐れていた。全員この村で生まれ育ち、朝晩会って挨拶していた。どんな些細な出来事が起ころうと、すぐに全員に知れ渡った。それぞれが、他の者の生活も自分の生活もありとあらゆる細かなことまで知り尽くしており、アリの息子の詳しい履歴書も、その妻の完璧な系譜も、子どもたちの年齢も、この男が郵便局に雇われた年も、その仕事の時間割も、間違うことも何かを忘れることもなく言えた。

わしらは、郵便局員が九時に郵便局の代わりになっている市役所の支局の小さな部屋に入ることを知っていた。このことだけでも、この男を他の住民と区別するのに十分だった。なぜならアリの息子は、日が延びようと短くなろうと、日の出の後に起きるという特権を持つ村で唯一の人物だったからだ。郵便局員は、そこで三十分客を待った。この望みはことごとく裏切られた。というのも、彼が切手の上に音を立てて判を押すことができる手紙は、すべてフランス人《ルーミー》の言葉を知らない差出人に頼まれて、彼自身が書いた手紙だったからだ。これらの短い手紙は、たいていフランス——生活がここより楽だが、慌ただしい国——に行った息子に送金を頼むものだった。ジョルジョーはパリで二十年暮らしたので、この点を保障できた。

「狂気の国だよ」

ジョルジョーは、自分が刃向かった相手であるシディ・ブーネムールの行政官《カーイド》〔警察権、司法権、徴税権を持つムスリムの地方官〕の息子が後ろで笑っている中、やって来た二人の憲兵に取り囲まれ、手錠をはめられて収容所に連れて行かれた日から、動員解除され、古着の私服を与えられて、巨大な町に一文なしで放り出された日までに何が起こったのか、まったく理解できなかった。この町は、満たされた愛人がベッドに横たわるように、平地にみだらに横たわり、その中をだらだらと流れ、水と水が混じる海という到達点に至ることを恐れているかのように、嬉々として屈折を繰り返す川につけられた川船の行列に巣食われているのだった。ジョルジョーは、大きなショーウィンドーが顧客を誘惑するように人目をはばかることなく店の中のものを露出している広すぎる通りで道に迷った。これらの通りは夜通し灯された街灯に照らされ、騒々しい自動車が無秩序に走り、男たちと同じぐらい数多くの女たちが、頭の上部をやっとのことで隠す薄いヴェールの切れ端でしか顔を隠すものを身につけず、恥じることなく破廉恥に歩いたり、カフェのテラスのテーブルについたり、しなをつくって平気で男たちに見られたりお世辞を言われたりするのだった。時代を超えて存在し続けるほど強固で、一人の人間が生きている間には完成しないことがわかっているほど巨大な建築物を造ろうと考えたこの町の人々が持つ野心や忍耐といった美徳に魅惑されたと、ジョルジョーは話していた。こうした人々は、車両を全てつけたままの電車が、次々と何度もすれ違いながら、川の下を潜っても濡れることなく走れるほど広い地下通路を町の下に掘ったのだった。この町の人々はおびただしい量の鉄や鋼を作ったために、金属の世界でしか生きられないのだと、ジョルジョーは言った。

「その狂気の国の中でいちばん印象に残ったのは何だい?」わしらは、ジョルジョーに尋ねた。

「いろんなことさ」

「例えば?」

「水だ」

「水?」

「ああ」

「それだけ?」

「ああ、そこら中に水があるのさ。溢れるほどの水、豊富な水、湖、池、泉水、噴水、それから、今度は川に大河、離れては合流して、あまりにも広いんで、大きな船が上っては下って、汽笛を鳴らして挨拶をしながらすれ違うのさ。それから、あの運河だ。川船が通るときには上がるか、回転するようになってる橋がかかってる。それか、川船が魔法のように上がったり下がったりする、コーランのいちばん複雑な章よりももっと複雑なあの不思議な機械仕掛け。誰に邪魔されることもなく、これらの水が全てのらりくらりと流れて、海に消えるということを知ったときは衝撃だった。この大量の水の百万分の一が、わしらの石ころだらけの不毛な畑を湿らすことができたら！　おお、ひび割れだらけの土地よ、飲むがいい。そして、お前の傷を癒し、わしらは幸福の谷と心に安らぎをもたらす緑をまた手に入れるんだ。そうすりゃ、やっとわしらの胸はふくらむだろうよ！」

強制的に入れられた軍の部隊に関しては、ジョルジョーは漠然とした足音、描写不可能な混乱、野営地から野営地へと、キャンプからキャンプへと、兵営から兵営へとさまよったこと、背にはリュックサック、足下には武器という出で立ちで何度となく待機したこと、命令や命令の取り消しの騒然とした騒音しか覚えていなかった。待っているトラックは、何日も経った後にしか到着しなかった。すると、あたかも戦争の勝敗が乗り込む速度にかかっているかのように、下士官は急いで乗るよう新兵を叱責し始めるのだった。ところが、いざ全員乗ってみると、トラックは発進しようとせず、さんざん我慢したあげく、兵士たちは飛び降りて、空のトラックが自分たちと同じ方向に去って行くのを見届けつつ、徒歩での前進を始めるのだった。夜通し動員された田舎の駅に、途方に暮れた兵隊ですでにいっぱいの列車がやっと着くのだが、兵隊たちは降りるよう命令され、また乗るよう命令され、また降りるよう命令されるのだった。宿営の間の暇な時間には、並足での行進の仕方を教わるのだが、ロボットのように硬直して歩くよう言われるのだった。予想外の出来事に何度も出くわした後、召集兵たちはやっと、牛のように平然として大きな船が待っている港にたどり着くのだった。そして、船は延々と続く数珠つなぎになった召集兵たちを、腹の中に受け入れるのだった。最初の船の縦揺れは、船倉に閉じ込められた坊主頭の畜生どものパニックを引き起こした。新兵たちは不安げに遠ざかる岸を眺め、彼らを乗せた巨大な棺が海に沈むのではないかと恐れた。彼らのうちの大半は胃の中のものを戻した。吐き気をもよおす臭気から逃れて、甲板に上がる勇気のある者は、周りを取り巻く水の広がりを見てパニックにおちいった。彼らは、もっとも危険な海に乗り出すという、無謀な行為に出た遠い祖先が語った昔話に現れる海の怪物が水面《みなも》に出現するのではないかと思った。しかし、彼らの臆病な子孫は、知らない国々を発見したり、ましてや自分たちを支配している厳格な隠された法律を改正しようと、他の国々について研究したりするために世界を走り回っても仕方がないと考えるだけの賢明さを持ち合わせていた。このような傲慢な知識欲は、人をアッラーの全知に対する異端の挑戦者とするのだ。だから、彼らは未踏の国々の謎を解きに行こうとはしないことに決め、世俗の書物を閉じ、近づくことのできない秘密の場所に隠しておくことにしたのだ。探究と疑問による苦悩を拒み、彼らは確かな信仰心がもたらす安楽の中に暮らした。そして、その数世紀のち、彼らの息子たちはヘルメットをかぶり、長靴をはいて、自らの直感にもかかわらず、忘れられた海をさまよいながら、何も知らない運命へと導かれたのだ。

　波止場に着くと、船は無気力でぼうっとした身体の一軍を吐き出した。食べ物の味と足下の安定した土地の感覚を取り戻すのに、数日かかった。すると、ひどく疲れる行進、幾度にもおよぶ待機、気まぐれな列車、一メートル以上もある深い泥の流れにはまったトラックの始まりだった。そして、あまりに深いために微笑みや希望を失わせる灰色の中でまどろむ村々を、連隊は通った。それから、丘の頂上にとどまり、塹壕《ざんごう》を掘り、砲台を作り、地下に潜った。

「わしは何も見なかったよ」ジョルジョーは言った。「頭の上でとどろく大砲がなかったら、兎ごっこでもしようと誘われてるのかと思うところだったよ」

　戦争に勝った後、荒廃したフランスを建て直し始めたので、ジョルジョーは折しも建築会社、ジョルジョー親子商会に仕事をたやすく見つけたのだ。こうして、ジョルジョーは労働者となり、剪定《せんてい》した後の葡萄の枝よりも指が硬くなる寒さと雪の中で終わりのないセメントを次々と一輪車で運んだ。

「わしが自信を持って言えるのは、この二十年の間、一度たりともはいつくばったことがないということさ。わしはやつらと同じように暮らすことを学んだ。やつらの葡萄畑のワインを飲んで、やつらの豚肉を食い、口髭をそって、やつらの女たちと寝た。アッラーがわしを許さんことを[1]。わしは村の存在すら忘れた。やつらのロードローラーよりも重く、外国生活は人間を押しつぶすのさ」

「やつらはあんたのことをどう思っていたのかね」わしらは聞いた。

「やつらは、貧乏で一文なしだという理由でわしらを軽蔑することを学んだ。やつらの機械の動かし方を知らないという理由でわしらをばかにした。やつらの作ったものも料理も好きじゃないという理由でわしらを仲間はずれにした」

ジョルジョーがまったく便りをよこさなかったので、わしらはこの男が地球上のもっとも大きな国々が野蛮に殺し合うことになったあの途方もない騒動のときに、信仰を持たない人々の地で死んだのだとばかり思っていた。だが、ある日ジョルジョーは、もっとも奇怪な品物がつまったトランクを積んだタクシーに乗って、何の前触れもなく現れた。その品物とは、預言者の髭にもかかわらず紙に像を焼きつける機械[2]、遠くの声を閉じ込めることができて、わしらがみんなそれを聞くことができるという銅の紐、炎がないのに照らすランプといったものだった。しかし、後でわかったことだが、何よりもこの男は突飛な考えがひしめく頭を持っていたのだ。

　こうして、ジョルジョーは村に水道も電気もないことを知って、驚いた振りをした。

「水道？」

「ああ、家の中でつまみを回すと、初めて女に挿入した若者の白い液体よりも激しく、荒々しい流れがほとばしるのさ」

「だが、わしらの泉に婚礼の日の処女よりも楽しげな、心地よい鉱水があるじゃないか」

「じゃあ、電気は？」

「それは何に使うのかね？」

「通りを明るくしたり、家電製品を動かしたりするのさ」

「どの通りを？　どの製品を？」

非常に幸いなことに、ジョルジョーの悪魔のがらくたはすぐにガタガタになり、わしらの貪欲な若者たちの仲間割れを引き起こすこともなくなった。しかし、この男の頭の中に入ったものは、もっと耐久性があった。だからこそ、ジョルジョーは最初からアリの息子が申請するのを励まし、何度も書簡で催促するのを支持したのだ。

　わしらは、アリの息子が両面性を持つにもかかわらず、彼に好感を持ち続けていた。わしらは、風変わりな父親が息子を、品行の問題でシディ・ブーネムールに逃げ移った叔父のもとに送ったときは、この子どもは村から失われてしまったものと思った。アリの父親は、イスラームの息子にとって聖なる書の章を最初から最後まで完璧に知っているわしらのシャイフ〔アラビア語で「老人」を指し、さまざまな集団の長老を示す〕の教えが十分ではないとでもいうように、息子が外国の学校へ行くことに執心した。だが、アリの父親はいつでも一風変わっており、それはわしらにとっては最悪の行いなのだ。小学生は、数年後、悪に染まることなく戻って来た。少なくとも、わしらはそう思っていた。この子の心に近代化という身を滅ぼす密かな芽が植えつけられていることにわしらが気づくのは、ずっと後のことだ。

「何のことかね？」腕時計を見て、祈りの時間までまだ一時間はのんびり過ごせることに気づき、ご機嫌のイマーム〔ムスリムの指導者〕がもう一度聞いた。

「電話設置のための申請さ」ジョルジョーが答えた。

　全員の関心が、風船のようにしぼんだ。

　正直なところ、ジトゥナの人々はこの漠然とした電話の話をまったくどうでもいいと思っていたのだ。

人々は、アリの息子のアリがきっかり九時三十分に自転車にまたがってここから五キロの大通りのはたで、シディ・ブーネムールと平野の町を結ぶバスの運転手と受け渡しに行く数少ない手紙を送ったり受け取ったりすることができる以上、それで満足していた。ジトゥナに帰ると、アリは無花果の広場に行って、手紙を渡せばいいのだった。アリはその後、ジョルジョーと近代化する計画について話し合いに行く習慣だった。ジョルジョーは外国での長い経験に基づいて、アリの計画を認めたり、改善したりした。食品店主は、郵便局員が去るときには、激励するのを決して忘れなかった。

「ここの化石どもの無関心にくじけちゃいかんぞ。やつらは将来の希望を完全に失ってしまって、過去さえも疑い始めてるんだ」

アリの息子のアリは、無花果の広場に近づくと、足を緩めた。その脇の下には大きな汗のしみがつき、真っ赤になった顔は汗びっしょりだった。そして、帽子を脱ぐと、言った。

「知らせを聞いたか？」

無駄な質問だった。ずっと前から、ジトゥナの人々は公式な職務の他に、彼に世界で起こっている出来事をできるだけ簡潔に知らせる役目を負わせていたのだ。なぜなら、アリは手紙と一緒にバスの運転手が届ける新聞を読むことができる唯一の人物だったからだ。

「電話がつくのかね？」ジョルジョーが聞いた。

「いや、もっとずっと重要なことだ」

「じゃあ、新しい戦争か？」

ジトゥナへの突然の帰還から一年もしないうちに、熱狂的な国々が再び殺し合いを始めたことを知って、ジョルジョーは人生最大の恐怖を味わったのだ。

「やつらはわしらを皆殺しにしたいのかね？」

再び動員されることを恐れて、ジョルジョーはジトゥナから逃げ、町に住んでいる同じ戦闘に加わっていた兵士の元に身を寄せた。

「やつらがわしらを招集すると思うか？」同時に複数の者が聞いた。

彼らは自分たちの年齢とすでに払った犠牲を理由に、互いに安心させ合った。

「フランス人《ルーミー》は正義を知っている人々だ。新しい戦争には、新しい犠牲者を選ぶだろう」

ジョルジョーは、数カ月後にジトゥナに現れた。

「行政官《カーイド》の手の者たちは、わしを探しにきたか？」

わしらは彼を安心させた。

「それじゃあ、新しい戦争か？」ジョルジョーが繰り返した。

「いや、まったく違うことだ。ジトゥナが県庁所在地になるんだ！」

「俺が手ぶらで来たわけじゃないってことだけは、言える」彼はわしらのところに着くと、言った。

アリの息子を非常に興奮させた事件は、モハメドを除いて無花果の広場に避難している者たちを無気力な無関心から引き出すことはできなかった。モハメドは郵便配達員をわきに連れて行き、説明を求めた。

「つまり、それはシディ・ブーネムールに行政上所属しなくなるということか？」

わしらの村は、ずっと前から隣村に行政区上は統合されていた。植民地時代、混合町(3)の賢い行政官は、わしらが定期的に税金を納めることに満足して、わしらの問題に口出ししようとはまったくしなかったのだ。こうして、わしらは以前と同じように暮らし続けるという、稀な特権を持っていた。ところが、独立から数カ月後、遠くから人がやって来て言うのだった。今後わしらは高貴な戦いによって勝ち取ったまったく新しい主権を持ち、公務の運営に携わる市長と市議会議員を選出するために投票しなくてはならない、その公務が執行されるのは、……シディ・ブーネムールだと。立候補者を出すように言われたので、わしらは全員一致で村民のモハメドを指名した。

　モハメドは、村の長老たちの反対にもかかわらず、若いときから政治に対する奇妙な関心を示した。抵抗運動の組織とフランスとの間に停戦協定が結ばれたことを知ると、モハメドはシディ・ブーネムールへ行って、できたばかりの地方部隊に編入した。軍服を着ている者に対する危険はもはやないと踏んでのことだった。数週間後、モハメドは、戦いの相手だった兵士たちのものとあらゆる点で同じカーキ色の服とケピを身につけてジトゥナに戻り、村を気取ってねり歩いた。それはまったく滑稽だった。こうして、この男にはあまり誇りがないこと、だが親たちの服とこのおかしな衣装を交換するからには、非常な野心を持っていることを、わしらは理解した。モハメドは色が白く、水色の目をしていたために、道で出会った山の人々は彼をフランス人《ルーミー》と取り違えた。ある者は、この男ののどをかき切ろうと飛びかかった。非常に幸いなことに、モハメドはすばやく抗議するすべを心得ており、遅まきの復讐者は、まねることのできないわしらの地方のアクセントを聞いて、間違いに気づくのだった。年寄りからは辛辣な批判がこの転向者に降り注いだが、この男が村の若者たちの感嘆と羨望の的となったことに、わしらは驚いた。若者の中には、同じ道を歩もうとする者も現れた。父親たちが妥協しなかったため、あきらめさせることができた。

　わしらは誠実さを尊ぶよう育てられた。だから、裏切り者を嫌うのだ。モハメドの祖先はあらゆる場所から追放され、締め出されたが、わしらの部族が受け入れた。数世代ののち、村人の大半は彼らの出自を忘れ、部族の一員と考えるようになった。だが、時間と共に遺伝的特性が現れた。慎重であるよう忠告した長老たちは正しかったのだ。モハメドの新しい地位は望んでいた娘を感心させ、父親のためらいを崩した。こうして結婚式が行われたが、これが幸せな結婚であることを、わしは認めねばなるまい。モハメドは、その成功に対する欲望にもかかわらず、よき夫であり、のちにはよき父親であることが明らかになった。

婚礼の数日後に兵舎に戻ったものの、モハメドはその数カ月後に私服で村に現れてわしらを驚かせ、間もなく父親のカフェの暖炉の火を再びかき回し始めた。この男が不意に生家に戻ってきた理由をアリの息子の口からわしらが聞いたのは、しばらく経ってからのことだった。独立を達成した後、外国の侵入者に対して戦った隊長たちは、自分たちの野心に限界を設けることができず、和解のもとに軍隊にすべてを任せることにしたのだ。これらの隊長のうちの何人かは、銃を使うことなく抵抗運動のメンバーと同じ特権を得られると思っている者でできた、この生まれたばかりの部隊を投入しようという突飛な考えを持った。多くは脱走し、モハメドもその一人だった。

この経験に懲りた様子もなく、モハメドは今度は党に入党し、毎週支部の会議に出席するためにシディ・ブーネムールに出かけるようになった。帰ってくると、会議で討論されたことにわしらの関心を向けようとしたが、誰もまったく興味を示さなかった。フランスでの長期の滞在が残した後遺症である奇妙な考えをたびたび持つジョルジョーでさえ、無関心だった。そのようなわけで、非常に遠くから代表団がやって来ることを大喜びでわしらに知らせたのは、このカフェの主人の息子だった。何人かの若者の助けをかりて、モハメドは彼らのために小さい演壇をこしらえた。ところが、わしらのうちの誰も椅子を持っていなかったので、この熱心な活動家は植民者マルシアルのうち捨てられた館のドアを破ることにした。この略奪行為を前にして、わしらは野心のサソリがこの男の心に巣食っていることを理解した。

わしらは、これらの責任者たちへの敬意のしるしに山羊を何匹か犠牲にした。だが、わしらは彼らが礼儀知らずで不作法なことに憤慨した。彼らはいそいそと自分たちの論説をわしらに向かって述べ、差し出されたお茶に手をつけず、夕食のクスクスをわしらと分け合うのを拒んだのだ。電動の拡声器がなかったため、彼らは炎天下で声を張り上げなければならなかった。わしらは礼儀正しく聞いた。この不快な仕事が終わるとすぐに、彼らは来る途中の埃にまみれて茶色くなった車にいそいそと乗り込み、手をあげて挨拶をすることさえもせずに去って行った。

わしらの恨みは大きかった。

彼らが去った後、イマームを囲んで集まり、わしらは部族の平和の祭壇にモハメドの活動熱を捧げることに決めた。

「こうして候補者を指名しておけば、やつらはわしらを放っておいてくれるだろう。どっちにせよ、この男は選出されたくて仕方がないのだ」

わしらすべての票を獲得して、モハメドは市議会議員になった。部族間のライバル争いに巻き込まれたくなかったたずる賢いシディ・ブーネムールの市長は、モハメドをジトゥナ担当の行政官に任命した。こうして、わしらは平和を取り戻し、モハメドはそれ以降、判とペンをポケットに入れて持ち歩き、署名や押印を頼まれればいつでもどこでも署名し、押印するようになった。これですべてはうまくいっていた。わしらの代表は、当局が気まぐれを起こしたり介入しようとしたりすると、守ってくれたのだ。モハメドが新たな任務を完璧にこなし、求められていることをその通りに遂行していると認めねばならなかった。それで、モハメドは間もなくわしらの好意を獲得し、父親が亡くなったときには、まだ若いにもかかわらず集会《ジエマア》に加えられたのだった。

もっとも特筆すべき出来事は、偽外国人がやって来たときに起こった。わしらには、外国人を迎える習慣がなかった。これまでわしらをミツバチだとでも思っていて、わしらのしきたりや習慣を調べるために風変わりな老人が何人か来ただけだった。これらの奇妙な男たちは、日が照る中わしらが生活するのを眺めて過ごすのだった。彼らは混合町の行政から送られて来ているので、わしらは歓待の掟に従わずに無視することができた。それから、三人のミントティー好きが来た。彼らは半ズボンに袖なしのシャツという出で立ちで、アメリカのジープに似た車から降り立った。このような服装をすれば、激しい太陽に悩まされずにすむと思い込んでいるのだ。白髪交じりの男と年齢不明の金髪の色の白い女、それにだらしない様子で豊満な少女の魅力をのぞかせている娘だった。彼らはカフェの茣蓙《ござ》の上に坐ってお茶を飲むことに満足な様子で、それから特にたくさん写真を撮っていた。そして、わしらの驢馬《ろば》にさえ関心を示した。

「変だな」ジョルジョーがわしらに言った。

「何がだい？」

「わしにはやつらの言葉が何だかわかる。やつらはドイツ人だ。わしらが戦って勝った相手さ。わしは、やつらが全員死んだものとばかり思ってた」

しかし、今度の新来者は、土地の言葉を使うのを拒否したものの、わしらのように熟れたナツメヤシの実の色の肌とイナゴ豆の色の目をしていた。この侵入者が自分は教師で、学校を開校しに来たのだとわしらに言ったとき、わしらの驚きは頂点に達した。

「学校だって？」

「シディ・ブーネムールの市長に、特別行政区域(4)のものだった建物の別館を使えると言われました」

わしらは憤慨して、わしらの中でいちばん弁の立つ者に説明させた。わしらはこの男が来るまで子どもたちの教育のことを考えていなかったわけではない、昔から村の男の子たちはシャイフ、つまりモスクのイマームの監督の下に置かれ、天啓の章を次々と頭にたたき込み、要求されればこれらの章を信じがたいほどの速さで繰り返し、そのあまりの速さに章句がぶつかり合い、押し合いへし合いし、子どもたちのうちのもっとも優れた者は六十章、つまりアッラーの啓示のすべてを暗記することすらできるのだと。

わしらの代表者はつけ加えた。

「子どもらが物質的に貧しく暮らしていることや、わしらのこの子たちに対する鷹揚さのせいで、勘違いなさってはいけません。子どものことを自分たちのはらわた同様、大切に見守っているのです。首都の金持ちがするように、狂気の国から来たピカピカのがらくたを与えないのは、少ない収入のせいではないのです。わしらは、徹底した質素と努力という美徳の中で子どもらを育てようとしているのです。そうして、子どもらが本当の意味で快適な生活を送ることができるよう、規則や道徳の教えを施すのを忘れていません」

教師は言った。

「私が言っているのは、国の学校のことです」

そこでわしらの代表者は、いずれにせよ、わしら全員は敬虔な信者としてコーランの内容こそが地上にある知るべき唯一のことであり、それゆえ、イスラームの息子たちはアッラーが排除され、異端を教えるような場所へ行って堕落する必要などまったくないのだと伝えた。

しかし、相手は頑固だった。

「法律によれば、すべての子どもにとって学校教育は義務なのです」

その場にいた者たちは、肩をすくめた。そして、天と地との間の距離と同じぐらい、首都とこの忘れられた村が離れていることをこの男に思い出させた。また、気候がまったく違うということも。町で住民の良心と同じぐらい揺るぎなく空が晴れやかなときでも、わしらの地方はわしらを意のままにするために一月が次の月に一日の借りをすることができたかのように厳しい気候にさらされていたりすることも。地形の起伏がよそより激しいことも。あまりに遠くからやって来るこれらの法律は、途中で息切れするか、わしらの村へと向かう斜面にたどり着くずっと前に衰弱してしまうのだと。こうして、例えばアセチレンランプか石油ランプで照らすことができるというのに、店に光る看板をつけなければいけないというあの義務のように、わしらは首都の気まぐれのあわれな変化の結果しか受け取らないのだと。

　わしらの市議会議員は、介入したほうがよいと考えた。

「でも、このよそ者は正しいでしょう。法律によれば、学校教育は義務ですから」

「それは本当だ」皆の意見に反対するのに、誰かがまず何か言うのを待っていたジョルジョーも言った。

「あんたたちが知ってるように、わしが長年過ごしたフランスでは、市長は従わない親を牢屋に送る権利さえあるんだ」

　モハメドは、どうしたらよいかわからず、頭を掻いていた。

　アリの息子が反対していることには納得がいった。フランス人《ルーミー》の言葉を知る唯一の人物としての地位が、将来脅かされることになるのだ。

　イマームが教師を執拗に追い返そうとしていることも理解できた。教師がやって来ることによって、知識を授ける唯一の人物としての地位が危険にさらされるのだ。

　村の住民たちのためらいもわかっていた。国が独立し、特別行政区の建物の別館に駐屯していた軍が去ったとき、空いたこのプレハブの建物をどうするかについて、さんざん討論が行われた。そして、共同家畜小屋にすることで、最終的に話は落ち着いた。たまたまわしらの宗教指導者は、村でいちばん数多くの家畜を持っていた。

長い間迷ってから、モハメドは攪乱者に向かって言った。

「外国人を真似した新しい知識を息子たちに与えられることに、われわれはもちろん喜んでいます。でも、この鉄のテントでは、生徒たちを迎えることはできません。そのような状態にはないのです。夏は蒸し風呂のように暑く、冬は冷凍庫のように寒いのです。煉瓦とそれをつなぐセメントでできた本物の学校を建てる必要があります。明日さっそく、シディ・ブーネムールの市長に融資を頼みに行きます」

だが、教師は時間稼ぎのための言い訳に騙されなかった。お上に訴えると脅し、去っていった。しかし、わしらの微笑みによって、わしらのお上はアッラーしかなく、教師の言うお上の意見なぞにはわしらはまったく興味がないということを、教師は理解した。もちろん、この教師の話は二度と聞かなかったが、だからといってすべてが元どおりになったわけではなかった。この邪魔者の素朴な話は、ジトゥナの少数の住民の頭に種を蒔き、それが芽生えるまでにはそれほど時間がかからなかった。家畜を持たないジョルジョーは、この話を蒸し返した最初の人物だった。執拗に繰り返すうちに、ジョルジョーはアリの息子を味方につけ、国の小学校開設のために二人で運動を始めた。

郵便配達員と食料品店主は、新しい時代に合った世俗教育の利点を挙げた。それは、フランス人《ルーミー》の言葉を学ぶことができ、それこそがイナゴの大群が押し寄せようと、干魃《かんばつ》に襲われようと、家畜を全滅させる病気がはやろうと、一年中定期的に給料がもらえる仕事に就くための切符だというものだった。そして、二人は腹黒くもつけ加えた。学校教育は完全に無料なのだと。

二人の前には、イマーム一派が立ちはだかった。その論拠は、まだ無防備な幼い精神が数々の危険にさらされることになるというものだった。イマームは、この異端の施設に足を踏み入れようとする者には、聖なる言葉を教えるのを拒否するとさえ言った。

最初の日々は節度があり、冷静だった議論はすぐに激しいものとなり、昔の恨みを掘り返し、かつての対立をよみがえらせた。論争の真っ最中に、わしらは不和の風が吹き抜けるのを感じ、ユダヤ人の大道芸人が言ったことを思い出した。

すると、部族を脅かしている新たな危険を、わしらははっきりと意識した。もっとも良識ある者たちは、友好と思いやりが戻ってくるよう介入せざるをえなかった。モハメドは、こうした者の一人だった。

この一件から、不幸は必ずよそ者によってもたらされるのだということを、わしらは学んだ。

そう、わしらの集団の記憶は根強いのだ。というのも、わしらの部族は何度も不幸に見舞われたからだ。どうやってわしらの先祖がジトゥナに住むようになったのか、お前に話してやろう。

「お前たちの運命は、これからはお前たちの手にあるのだ」車から降りつつ、彼は言った。

知らせを聞いて、ジョルジョーはゆっくりと考えを巡らせるために、蠅に任せておいた食料品店に無言のまま戻った。そして、地元の客に売れるいくつかの商品が並べてある貧相な棚を改めて見回した。この点検をすると、彼は軽蔑のこもったふくれ面をした。

「変えなきゃならんな。とても学歴の高い連中がここに住みに来るんだからな。やつらは定期的に払われる高い給料をもらうはずだ。高くて利潤の多い無駄な品物をやつらに提供することだ。店を広げなけりゃならんな。隣のブルヌースの刺繍職人の店を買うために交渉してみよう。この職人は、自分の仕事にあまりに目を使ったせいで、自分の友達も見分けられなくなってる。これから起こる大変化の始まりなど、なおのこと見分けられないだろうよ。山羊三匹の値段で店を譲ってくれるだろう。わしは金持ちになって、フランスに残った昔の塹壕《ざんごう》の仲間に挨拶する楽しみのために電話を引こう。ジョルジョーは変わり者で、長い外国生活のせいで、気まぐれや異端ぎりぎりのことを言うようになっていた。

モハメドはといえば、シディ・ブーネムールの行政監督を離れて、ついにれっきとした市長になれるのだろうかと考えていた。

「本当か？」モハメドは何度も聞いた。

「彼らのほうこそ、これからはぼくらの管理のもとにおかれるのさ」アリの息子が言った。

「いつそうなるんだい？」

「間もなくだろうよ」

アリの息子のほうは、自分の申請が受け入れられると信じており、本物の郵便局を建てるという夢を抱き始めた。そこには、番号のついた窓口が並び、手紙に消印を押す機械と絶え間なく鳴る電話交換機があるのだった。

ジトゥナの他の住民たちは、告げられた変化に対する密かな恐れを自分たちの心の奥に隠そうと努めた。

「知事って何だい？」鍛冶屋のジェルールが尋ねた。

「俺は見たことないね」びっこのアイッサが言った。

「何が起こるんだろう？」

不幸が始まったばかりだということを、わしらは知らなかった。

わしらはこれまで世界の存在を忘れ、世界から忘れられて、平穏に生きてきた。長老たちの経験や聖者たち(5)の教えを生かして、規則やしきたりを作り、その豊富な知識や正義心の強さや言葉の巧みさからわしらによって選ばれた集会《ジェマア》の成員によってそれらが実行された。わしらは、敵の攻撃を前に身を縮めてやり過ごすことを学んだ。なぜなら、もっとも大きな危険はわしら自身のうちから現れると知っていたからだ。

一世紀半以上前、わしらの祖先は新しい時代の到来を告げるしるしを認め、解釈することができた。彼らは言った。

「イスラームの息子たちは、長い間時代遅れになった権力の夢に魅せられて眠っていた。バグダードからカイロまで、コルドバからオスマントルコ宮廷まで、国々はそれぞれ、自分たちを守ってくれる隣国の力に頼っていた。だが、キリスト教徒の攻撃を受けて、スペインは徐々に征服され、グラナダは脅威にさらされた。助けを求めても、誰も手をさしのべようとはしないだろう。カスティーリャはアルハンブラを占領すると、間もなくマグリブの港の要塞に船を送って攻め立てた。侵略者たちはたいてい敗れたが、ときには港に拠点を築くことができた。そして、銅や鉛だけでなく、鉄やもっとも硬い金属までも溶かす技術に長《た》けたこれらの人々の途方もない船がやって来た。目を覚ましたときには、わしらは弱く、無防備だった。わしらは負かされ、わしらの敗北は完全だった。それからは、ただ単に生き延びなければならなかった。わしらが再び頭をもたげるまでには、長い月日がかかった。わしらが融和と結束を守ることができるなら、もしかするとわしらの曽孫の曽孫が未来を探し求めるための希望や野心や虚栄を再び見いだすだろう。わしらはといえば、敗れた。歴史は執念深いものなのだ」

　こうしたことは、敗北したわしらの部族の数少ない成員をここまで連れてくることになる長い退却のうちに起こった。

「この荒廃した土地でどうやって生きていけるのだ？」若いときにその心を奪った幸福の谷に郷愁を抱く者たちは、言った。「俺たちの周りには、埃と石ころしかない。泉もなければ、川もない。木もなければ、草もない。まったく雨が降らないのだろうか？　どの土が小麦に栄養を与えるのだろう？　俺たちの家畜は何を食べるのだろう？　どんな犂《すき》がこの土地を耕せるのだろう？　意中の男の最初の愛撫に身を任せる恋する女のように、犂先の下で開く黒い土はどこにあるのだろう？　そして豊かでもあり、たいてい短い時間で努力の成果が得られるあの土は？　俺たちの果樹の間を喜んで気ままに進む生き生きとした小川はどこを流れているのだろう？　乾いてしまったのだろうか？　俺たちのアーモンドの木はだれが剪定《せんてい》するのだろう？　誰がサヨナキドリの声に耳を傾けるだろう？」

　良識ある者たちのうちでももっとも良識ある者（アッラーがもっとも良識あるのだが）が、諦めるよう忠告した。

「嘆いても仕方がない。柘榴《ざくろ》の谷を再び見ることも、生きる喜びを再び見いだすこともないのだから」

　現地人部隊《グーム》(6)の隊長たちは、厳しく非難され、その先見のなさを批判された。

「どうして未来の敗者の味方になったんだね？」

すると、旗を揚げた者たちの中でもっとも勇敢な者は立ち上がり、イスラームの緑の旗[7]の下に馳せるより他に道はないのだと説明した。

「最初の戦いのはるか前に、最初の敗北のはるか前に、自分たちこそもっとも弱いのだと知っていた。でも、部族の誇りのために、アッラーの栄誉のために、起ち上がらなければならなかった。俺たちが信仰を欺き、無信仰の者たちに味方したほうがよかったとでも言うのか？」

「どうしてあんたたちは勝者じゃなかったのだ？　説明してくれ。何が足らなかったんだ？　信仰か？　俺たちは狂信者だ。男たちか？　俺たちは大群だ。武器か？　それなら持っている」

「いや、そういうことではない」

「じゃあ、何なんだ？」

彼らは答えられなかった。

年と長い距離を歩いて苦労したせいで、健康状態が悪いにもかかわらず、わしらの聖者がテントから出てきて手を挙げて皆を黙らせた。

「われわれはもっとも弱くなったばかりか、もっとも脆くなってしまった。われわれは、どんなに小さな禍《わざわい》でも奪いかねない、生まれたばかりの赤子の命よりもか弱いのだ。部族が生き残るために、お前たちは勇気と忍耐と謙虚で武装し、お前たちのうちのもっとも勇敢な者でも、もっとも好戦的な者でもなく、もっとも良識ある者に部族の運命を任せるのだ。もっとも良識ある者こそが、氏族の間に起こるであろう不和や対立を避けることができるだろう。こうしたことは、かつてはわれわれの高貴さのしるしだったが、これからは致命的となるからだ。お前たちは挑戦と武勇を好む代わりに、埋もれた努力を好まねばならない。そう、われわれはこの旅の終わりにいるのだ。ここにこれからは住むのだ。お前たちが荒廃した地と呼ぶこの場所は、誰も奪いに来ることはない。お前たちはここに住み、世界との関係を断ち切り、絆を固くし、お前たちを近づける点を大事にし、お前たちを仲違いさせる点を忘れるがよい。預言者の決まりを破らない範囲で、近親婚をするがよい。高い外壁を周りに作っても無駄だ。とどろく大砲を前にしては、取るに足らない防御だからだ。お前たちのもっとも優れた防壁は、お前たちの連帯と信仰だ。よそ者は受け入れても、攻撃してもならない。無関心の鎧の下で見過ごすのだ。思想や危険な空論を捨て、信仰に身を捧げるがよい。われわれの書のみが、確信の源なのだ。お前たちは、それを唯一の研究と注釈の対象とし、世界の知についてアッラーと競い合うすべての世俗の文書を立ち入ることの禁じられた場所に閉じ込めるがよい。これはわしの最後の忠告だ。なぜなら、わしはお前たちと間もなく別れることになるからだ」

聖者は数日後に亡くなり、村にその名前を与えることになる巨大なオリーブの木の下に埋葬された。

精神的指導者の死は、わしらの先祖を非常な不安に陥れた。彼らは孤児《みなしご》になったように感じ、敵意に満ちた世界に助けもなく放りだされたかのように思った。彼らの孤独感は恐ろしく大きかった。女たちの悲しみはヒステリーに近かった。もっとも諦めの早い者たちは無気力な茫然自失状態におちいり、生きる気力を失った。もっとも不満な者たちは、長老の権威と権限が今後は沈黙と服従を強いることはないと確信して、再び論争を引き起こした。異教徒の保護を受けるという考えを嫌う者たちは、もっとも近くのムスリム(8)の王の保護下に入るために、移動を続けることを提案した。

　それに反対する者たちは、わしらの聖者の警告を思い出させた。

「われわれはいつもよそから助けが来るのを待った。陥落不可能だと言われたアルジェは三週間で降伏した(9)。鉄と火を自在に使うことのできる者たちの無敵の軍隊が上陸する一方で、当のトルコ人でさえあらゆる場所の戦いで後退している」

「ここであんたたちを待ち構えているのが何か知っているかね？　ユニフォームを着てヘルメットをかぶったカイゼル髭の戦士たちが来て、あんたたちが従わなければならない新しい法を押しつけるだろう。あんたたちは敗北の代価を不幸の重さよりも重い小麦の袋、空の星よりも多い家畜、あの山々よりも高い金と銀の山で見積もるだろう。やつらはあんたたちにフランス人《ルーミー》の言葉で厳しく話すだろう。もっと遠くへ行こう。イスラームの地は広い。そして、その王たちは今でも強い。ジャスミンと丁子《ちょうじ》の花咲く別の幸福の谷を見つけられるだろう」

「ここだろうと別の場所だろうと、遅かれ早かれ軍隊はやって来るだろう。世界は彼らのものなのさ。われわれは、禍の味のする現在から逃げるのをやめるべきだ。夾竹桃《きょうちくとう》と朝露の谷は忘れなければならない。そしてここに根を下ろしてすべてをやり直さなければならない」

　もっとも決断を躊躇する者たちが尋ねた。

「でも、どこへ行こうというのかね？　南へ進み続けることにして、砂の荒野を越えて、石の荒野を越えて、荒れ果てたやぶを越えて、ザンジュ〔東アフリカ沿岸の北に位置する地域〕の国を越えて、やっとのことでトンブクトゥ〔マリの中部に位置する都市〕の王国まで行き着くために？　それとも、すばらしいフェズ〔モロッコ北東部の都市〕とそのアーモンドの木の果樹園にたどり着くことを期待して西に進路を変え、次から次へと山を越えて、水かさの増した川を越えて、不毛な平原を越えて、野生の動物がうじゃうじゃいる森を越えるのか？　いったい何日疲れ果てて歩かなければならないのかね？　幾晩寒さとあらゆる危険にさらされなければならないのかね？　飢え、渇き、強盗、野獣、疲れ、伝染病などの危険に？　年寄りや妊娠している女や病人や子どもはどうなるのかね？」

移動を続けることを強く望む者たちは、当然のことながら、もっとも自由な者たちかもっとも健康な者たち、未婚の若者たちか働き盛りの大人たちだった。しかし、その中には戦いへの参加の義務のない、家柄の低い者たちや商人や職人たち、それから、数々の新しい国を発見するという考えにそそられたもっとも冒険好きな者たち、それに、再び戦いに身を投じる道を与えてくれる別の旗印を見つけることを夢見るもっとも好戦的な者たちもいた。

彼らは苦しみの中で別れた。ある母親は涙に濡れた顔で、わが身のもっとも愛する部分が離れていくのを見ていた。ある兄は弟が去って行くのを諦めねばならなかった。ある婚約している娘は、悲しみと涙を隠すために茂みに身を隠した。一人の男と婚約していた娘は別の男と添い、その男の子をできるだけ数多く産まねばならなかった。

再び会うことはないと確信しつつも、彼らは希望で気を紛らわせようとした。

「俺たちはイスラームの国に落ち着いて、土地と家畜を買い、時期を見計らってあんたたちのところに使者と案内人を送るつもりだ。案内人があんたたちを俺たちのところまで連れて来るだろう。再び集まった俺たちの部族は、新たな活力を見いだすだろう」

とどまることに決めた者たちは、持っている金や銀の他、婚約している娘たちのものまで含めた女たちの装飾品さえも彼らに渡すことにし、持って行けるだけの食料を与えた。

「アッラーが共にあらんことを」彼らは、去って行く者たちに言った。「もし運命があんたたちの味方をしないようなら、もし行き先の人々が受け入れてくれないなら、最後の避難所としてここに兄弟たちがいることを覚えておくがいい。われわれは、冒険の生き残りを嫌みを言うことなく迎えるつもりだ。どんなに長い時間を経てから戻って来ても、どんなに遠くから戻って来ても、われわれの娘たちはあんたたちに優先的に与えられるだろう」

別れの瞬間に彼らの心にあったことは、アッラーのみが知り得る。

郷愁も手伝って、わしらの先祖たちはがむしゃらに働くことによって、第二の幸福の谷を造れると考えた。そこでは、桜草が茂り、白喉鳥《はっこうちょう》が繁殖し、蜂蜜の川と黒い瞳の乙女(10)を除けば、地上を楽園と対抗させるあらゆるものがあるのだった。退却するときに、彼らはあらゆる種類の植物や種、その他のさまざまなもの、あらゆる種類の動物、角のあるもの、ないもの、二本足のもの、四本足のもの、その他さまざまなものを持って来た。だが、旅に耐えられなかったものを除いても、どれも長くは生き延びなかった。

柘榴《ざくろ》の苗木もミントの苗も、手入れをしたにもかかわらずしおれてしまい、枇杷《びわ》もニオイヒバも枯れてしまった。小麦はまったく順応せず、倉に場所がないという理由で、銀梅花《ぎんばいか》と安楽の谷ではわしらの親たちが耕すことも種を蒔くこともなく何年も過ごしたという大麦は半分しか実らなかった。

それでも、奇跡は起こった。ユーカリがほぼ全部根付き、小さな木々は優雅に空へ向かって伸び始め、何年か先にはすばらしい樹林を形作り、付近の鳥たちの避難所となった。

また、先祖たちは自生している植物の効果を発見した。非常に木の堅いオリーブや不格好な枝をした無花果だ。オリーブからは油と石鹸ができ、乾燥させた無花果の実は寒さと飢餓の季節である冬のための重要な食糧の蓄えとなった。

棘のある灌木を食べたがらないデリケートな牛とものぐさな羊は、餌を見つけるのに長けた山羊に取って代わられた。

彼らは、不要になった馬を手放さねばならなかった。

これは悲劇だった。

このときに、彼らは身を引き裂くような転身をせねばならないことを本当に理解したからだ。氏族《ソフ》〔枝のように分節する部族内で共存する一族〕の長たち、大テントの息子たち、シャリーフ〔アラビア語で「高貴な血筋の人々」を指す〕たち、旗を持つ者たち、現地人部隊《グーム》の隊長たち、熟練した戦士たちは下っ端になり下がり、地面すれすれで埃と泥の中に足を危険にさらし、農民のように骨を折って歩かなければならなかった。どうやって一人前の男が馬なしに生きられるだろう？　騎馬の高みから自分を凝視する視線にどうやって立ち向かえるだろう？　どうやってガゼルや猪を追うことができよう？

さらば、騎馬槍よ、競争よ、ときには金の刺繍を施した絹の馬衣で着飾った百頭の馬が十列に並んだパレード(11)よ、さらば。パレードの馬たちは、主人たちよりもせっかちで、足踏みしたものだった。雌駱駝《めすらくだ》の背の上の駕籠《かご》のカーテンを開いて、沈む太陽の中の騎手たちを乙女たちが遠くから見守った。日没の太陽は、彼らを包む永遠の魅力を放つ黄金のオーラとなるのだった。さらば、皆がシャリーフかつ独身の騎手たちの一軍の手で花嫁が新居に連れて来られるとき、贅沢が浪費と場を争う結婚式よ。彼らは、七日七夜続く酒盛りと騎馬行列のせいで結婚式の最後には疲れて戻って来るのだった。

彼らは特に、もはや戦場に足を踏み入れることはないのだと、三日月刀や銃を犂や鶴嘴《つるはし》と交換し、馬を耐久力のある驢馬《ろば》やすばしっこい騾馬《らば》と交換し、その上尊大な態度を経済的利益と交換し、美を実益と交換しなければならないのだと悟った。もっとも上品な者たちはその威厳を、もっとも容姿の整った者たちはその魅力を、もっとも情熱的な者たちはその才能を利用するのを忘れた。

彼らは石の家を建て、諦めのうちに居を構えた。

ジトゥナでの最初の数年は壊滅的だった。亡命者たちは、新たな太陽の厳しさ、そして雪の降る残酷な冬を発見した。ああ！　雪は一メートル以上も積もり、手に取ると散り散りになって溶けるというのに、何カ月もの間地を覆い、森の狼や空の鳥や巣穴の中の兎を飢えさせるのだった。そして、人間も例外ではなかった。

必要というのは効果的なものだ。戦士たちは農民になった。こうして、彼らは働き始めた。しかし、貪欲な土地はあらゆる努力をくじいた。ひょろひょろのオリーブの木は絶望的なほど育とうとしなかったし、大麦の穂は絶望的なほど軽いままで、山羊の骨は皮から突き出したままだった。もっとも仕事熱心な者たちも、しまいには落胆した。

「この災いの種の土地からは、何も引き出せないだろう。兄弟たちについて行ったほうがよかったのだ」

「彼らがどんな危険にさらされたか知ってるか？」別の者が言い返した。「彼らがどんな苦しみをなめたか知っているか？　よそ者に対する土地の人々の警戒心と敵意に突き当たって、保護か単なる黙認を求めなければならないということを？」

「でも、彼らは戻って来なかった。撫子《なでしこ》が茂り、森鳩が住む別の谷を見つけたに違いない」

こうして、これほどの過酷な生活の中で、知らず知らずのうちによそからやって来る救いという希望の錐《きり》が、心に穴をうがち始めた。彼らが去ってから何カ月経ったか数え始め、あり得べき安住の地からの距離を計算し始めた。無意識に、目は仲間たちを飲み込んだ地平線を見つめるようになり、ますます頻繁に仲間たちが消えていった道をお互いに見守っているのに出くわした。遠くにもっともおぼろげな動く影が現れると、村の中に動揺が起こった。

しかし、年月は過ぎ、誰も来ることはなかった。これほどの失望は、もっとも意志の強い者たちの気力をも失わせた。もはや誰も雑草を刈り、井戸を掘り、木を植え、犂を操る勇気がなかった。

彼らは自分自身のうちに閉じこもり、仮の生活を始め、待機の中に生きた。

少年は長い間黒い車を眺めていた。車は流水の跡の溝や道路のくぼみを避けるために、ジグザグに坂道を上ろうと骨を折っていた。そして、わしらに知らせるために、無花果の広場へ走ってやって来た。

村唯一の通りにゆっくりと入ったリムジンのクロムめっきした鼻先が坂道の端に現れたとき、男たちはすでに全員集まっていた。権力の魔法によって動かされているかのようにこの車が静かに滑り込んで来たのに、わしらは目を奪われていた。車輪は村の広場から数メートルのところで回転をやめた。わしらが身動きもせずにいた数分間の無為の時ののち、ドアが開いてすさまじい叫び声が飛び出した。

「くそったれ！　この村は天国の園よりも来るのが大変じゃないか」

二つに折れた体がやっとのことで車から出て、身を起こした。そして、並々ならぬ長身のオマル・エル・マブルークが、わしらの前に現れたのだった。

もっとも年老いた者たちは、震えだした。大汗をかきながら、この男はわしらの前にいたのだ。見事な出現。信じがたい復活。しかめっ面をして、あのオマル・エル・マブルークが。死んだものとばかり思っていた、あのオマル・エル・マブルークが。

わしらは皆、オマル・エル・マブルークの子どもの頃のことを覚えていた。それにも増して、その波乱に満ちた先祖のことを。収穫は種の時点で予想できるものだ。この一帯にその乱暴でもってごたごたを引き起こしていた、オマルのおじいさんにあたる恐ろしいハッサン・エル・マブルークのことを、お前に話してやろう。この少年は、神も大人も恐れていなかった。若いうちから杖の使い方に秀でており、この一帯の一人暮らしの者たちを恐れおののかせ、道でばったり出会った農民には追い剥ぎ、シディ・ブーネムールの家畜市場から帰る途中の家畜商人には狼藉を働いた。村の思慮ある者たちの勧めに従って、ハッサンの父親はまだ十五歳にも満たないこの年若い乱暴者を結婚させた。落ち着くだろうと期待してのことだった。だが、六カ月後にのっぽの少年の妻は消えた。快楽の恍惚のうちに死んだとのもっぱらのうわさだった。二人目の妻は、前妻よりもさらに短命だった。女たち全員と村のもっとも信じやすい者たちは、当時たち始めたうわさを信じた。つまり、巨人のハッサンはとてつもない性器を持ち合わせており、体を任せる女たちのはらわたをちぎってしまうというものだった。

だが、子どものときからハッサンは、びっこのアイッサの姉以外に目もくれなかった。思春期に入るだいぶ前から、この娘は並々ならぬ背丈で、村の中で一人を除いた全員が同じ意見に至った。つまり、この娘はかの頑強なやもめ以外の伴侶とはなり得ないと。

娘の父親は、この意見には反対だった。ハッサンを信仰も道義もないならず者だと考え、娘を与えることを頑なに拒否した。誰が仲介に入ろうと、交渉しようと、示談を試みようと、アイッサの父親は耳を貸そうとしなかった。

「わが子をこのろくでなしにやるものか」

ハッサンの父親は気を悪くして席を立ち、話し合いは終わりとなった。

それは、雪が降り積もり、風がうなり、あまりに厳しい寒さに意地悪女が暖を取るために自分の山羊の角を燃やすことに決めた冬の恐ろしい夜のことだった。

ドアが蹴って開けられると、二連銃がアイッサの父親が灯したろうそくに照らし出された。今にも発砲しかねない勢いで、ハッサンは娘の手首をつかみ、夜の嵐の中に消え去った。

母親の嘆き声が、村の人々を起こした。夫は棍棒を手にハッサンの父親の家のドアを叩きに行った。隣人たちがアイッサの父親の体を押さえ、名誉を傷つけられた男の怒りを静めるべく、すばやく止めに入らなかったならば、ハッサンの父親は打ち殺されるところだった。人々はなだめようとした。イマームの介入によって、喧嘩は収まった。アイッサの父親は、何が起きたか語ることを承知した。雨が降りだしたので、皆はモスクの内部に集まることにした。

説明を強いられたハッサンの父親は、突然歯に衣着せぬ調子で言った。

「あの不良に言うことを聞かせるのが俺には無理だったことは、みんな知ってるだろう。やろうとしなかったわけじゃない。あんたたちと同じぐらい、俺はあいつがやったことを非難してるんだ。あいつが踏みにじったのは、まず俺の名誉だ。もしよければ、明日の朝にでもあいつを見つけるために森をくまなく歩こうじゃないか。誓って言うが、もしあいつを狩り出したなら、俺は迷うことなく銃の引き金を引くだろうよ」

当事者ではない者たちだけでなく、ハッサンを死に至らしめることを危惧していたアイッサの父親、そして約束を守らなければならないことを恐れていたハッサンの父親が安堵の胸をなでおろしたことに、探索は無駄に終わった。

実は、わしらの多くはこの一件に態度を決めかねていたのだ。全員がそのやり方を非難したものの、わしらのうちのほとんどは、二人が似合いの伴侶だということを認めていた。それに、あの大男があの大女をたやすく連れ去ることができると考えるほど、わしらは初《うぶ》ではなかった。

実際のところ、娘は予想外に従順だった。ハッサンは大した抵抗に出会わず娘を連れ去り、住みかとなった洞穴では、その合意を得ずに娘に近づくなど皆目できないことだった。

最初の天気のよい日々を利用して、ハッサンは練り土のあばら屋を建てた。二人の巨漢の小さな家には、よく罵声が響き渡った。夫はすべてを思い通りにできると思っていた。しかし、妻のほうは褥《しとね》の外では、譲ることを知らなかった。二人とも激しい性格だった。夫の予測不可能な平手打ちは、たいてい妻の防御する腕によって遮られた。怪力男は、練り土の壁にうがってある釘に掛けられた杖をすばやく手に取るのだが、それも彼よりも敏捷な愛しの大女がこの杖をいきなり奪い取り、葡萄の蔓《つる》よりもたやすく手で折ってしまった日までのことだった。ハッサンの他に、アイッサの姉はまるまると肥え太った雌牛を二頭養っており、それが羨望の的となっていた。

　ある嵐の夜の明け方、最初の礼拝[12]の呼びかけに目を覚ましたハッサンは、家の中が異様に明るいことに気づいた。すぐに起こされた妻は、叫び声を上げた。二人は起き上がって、反対側の壁の大きな裂け目を見に行った。雌牛はいなくなっていた。

　ハッサンは確信していた。ベニ・ハジャールが闖入したに違いない。彼ら以外に、これほど密かに行動できる者はいないからだ。ハッサンは何も言わずにブルヌース〔袖がなく丈の長い、フードのついた毛の外套〕を着ると、新しい杖を手に取り、出かけた。

　ベニ・ハジャールの部族は、わしらと同じような運命をたどっていた。戦いに敗れ、わしらの向かい側、つまり大きな断崖の向こう側の、わしらのところよりも険しく孤立した山の頂上に避難していた。だが、この部族の者たちは、長老たちの教えの恩恵にあずかろうとしなかった。法を定める者、つまりアッラーの勧めに背き、略奪と強盗に明け暮れたのだ。それで、皆が彼らを見分けられるように、アッラーは彼らに輝く髪をお与えになった。大きな鼻のせいで、彼らは猛禽のような顔だった。必ず身につけている黄色いターバンが目印の彼らは、四、五人のグループとなって一帯を荒らしていた。至るところに同時に現れるという不思議な能力を持っているかのように、物音一つたてず、素早く、密かに現れては、こっそりと姿を消すのだった。彼らの残酷さも伝説的だった。犠牲者が生き延びることは決してなかった。市場へ作物を運ぶ途中か、あるいはそれよりも、作物を売って儲けた金を脇の下にはさんで市場から戻る途中の農民の前に彼らが突然現れて立ちはだかると、農民は自分が助かる見込みのないことを理解するのだ。

かつて、彼らがシディ・ブーネムールの家畜市に何度も出現したことがあった。彼らが市場に姿を現すと共に、人々の声はひそひそ声になり、売買は素早く行われ、駆け引きは早めに切り上げられ、多くの買い手は予定を次の週に持ち越すことにして姿を消した。ベニ・ハジャールの者たちは、一人ひとり現れ、落ち着きはらい、無関心そうに、無関係だというそぶりで、静かに人と動物の間をぶらぶらと歩き始めるのだった。そしてしばらくすると、来たときと同じぐらい静かに市場から出て、そのまま姿を消した。彼らはお互いに話す必要も、合図を送る必要も、示し合わせる必要もなかった。沈黙の了解で、犠牲者はすでに選んであるのだ。心配した家畜商人や家畜農家は、工夫を凝らして帰る道を変え、もっとも予想不可能な、もっとも遠回りの道を選んだりなどした。それでも、あるとき彼らは常に冷静に、ほとんど無頓着に、そして沈黙のうちに現れるのだ。

ときには、彼らは彼らのみが知る理由のもとに、市のたつ広場で攻撃を始めた。さまざまな角度から、彼らは犠牲者をゆっくりと取り囲み、稲妻のような速さで攻撃に移るのだ。犠牲となった者は、周囲の人々が動く間もなく、殺され、持ち物を奪われる。すると、彼らは急ぎもせずに立ち去るのだった。警官隊は、決して熱心に彼らの後を追おうとしなかった。なぜなら、自分たちの生死に全く関心を持つ様子もなく、組織立って超然と戦い、平然と殺し、叫び声をあげることなく斃《たお》れる彼らと対峙することの危険を承知していたからだ。これらの悪魔の息子たちは、死んだ仲間を未練なくうち捨て、死体をハイエナや鴉《からす》の餌になるがままにした。混合町の行政官は、ベニ・ハジャールが植民者を攻撃したときだけ動いた。集団責任の原理を持ち出しつつ、行政官は岩だらけの山の頂上に警察官を送り、十人ほどの大人の男たちを連れて来るのだった。彼らは、大西洋の向こう側に送られるのでなければ、石切場で岩を崩すか、坑道を掘るか、エスパルト〔イネ科の野草。茣蓙の原料となる〕を摘むといった作業を課された。こうして、部族の男の数は減るばかりとなった。

ベニ・ハジャールは無信仰の輩《やから》だった。イマームもモスクも持たず、祈ることも、断食[13]をすることもなく、彼らのうちのもっとも教養ある者でさえ、コーランのもっとも短い章を暗唱することができなかった。うわさによると、彼らは家畜ののどを切って殺すことをせず[14]、解体する前に打ち殺すか首を絞めて殺すかするのだそうだ。死者を埋葬しないといううわさすらあった。彼らが呪われんことを！

夫のない女たちの数が増えたので、部族は彼女らを軍の駐留地に送り、金を受け取る代わりに現地人騎兵《スパイ》〔一八三四〜一九六二年に仏軍によって北アフリカで組織された〕や現地人部隊員《グーム》に身を任せていた。もっとも経験のある者は、体を燃え上がらせ、心を惹きつけることのできる秘密のしぐさを初心者に教えるのだった。これらの娘たちの技は大きな評判となり、もっとも遠いところからも男たちが訪れるようになった。娘たちは、もっとも強い欲望をかきたて、彼らの気まぐれに応じるばかりか、それを煽《あお》りさえした。駐屯地の夜は、娘たちの好意を得ようと争う男たちの喧嘩によって、たびたびかき乱された。男たちの中には、彼女たちに取りつかれて、結婚を申し込む者までいた。だが、これらの妖婦たちの保護者は、法外な値段を支払わない限り、それを認めなかった。とはいえ、それよりもしばしば、給料日の兵士たちや商売で金儲けをした家畜農民は、酒と歌と踊りの後で娘たちのところへ引き寄せられ、行為の後のけだるさのうちに、突然現れた男にのどを切られ、持ち金を盗まれるのだ。すると、数日後に腐肉にたかる動物たちにさらされた死体の残りが、谷底から見つかるのだ。兵士たちが奇妙にも消えることに驚いた軍当局は、綿密な調査を行った。疑惑があるにもかかわらず、軍は何も証拠をつかむことができなかった。

ベニ・ハジャールは、アッラーの使者〔ムハンマドを指す〕の諫《いさ》めを知らず、破廉恥にも姦通や近親相姦を行い、数々の姦淫の末に自分の子どもがどの真珠色のしずくから生まれたのかわからなくなっていた。

ハッサン・エル・マブルークは、練り土の壁に音も立てずに穴を開け、家畜の縄をほどいて連れ去ることができるのは、ベニ・ハジャールの男たち以外にいないと確信した。ハッサンほどこの辺りをよく知っている者は他にいなかった。数々の小道を横切り、わしらの領域と地獄行きが決まっている者たちの領域とを結ぶ唯一の橋を渡り、やぶの陰に潜んで張り込んだ。ハッサンは、雌牛を連れた三人の男たちが、橋の真ん中にたどり着くのを待った。そして、左腕にブルヌースを巻きつけ、右手に持った杖を高くかざして、大変な勢いでその巨体を見せつつやぶから飛び出した。こうして、想像上の相棒に向かって叫んだ。

「反対側で引きとめろ」

それから、橋の反対側から、別の大男がブルヌースを左腕に巻きつけて、右手に杖を振りかざしながら、飛び出した。

「俺はここだ！」

オリーブの木の杖が動き始め、打ちのめされた三人の泥棒は、欄干をこえて落ちた。

帰り道、ハッサン・エル・マブルークは、厚かましくも自分の服を着た妻を罵倒してやまなかった。

「そんなことがどうしてできたんだ？」

「わたしの助けがなかったら、どうするつもりだったの？」

「お前はただの冒険好きだ。俺がうちにいない間に何をしているものやら」

「あんたの雌牛の番をしてるに決まってるじゃないか」

巨漢が騒ぎ立てたほど貧弱でひ弱な子どもを産んだ後、この三人目の妻は亡くなった。ハッサンは、ある日無花果の広場に姿を現し、手のひらに未熟児をのせて、アイッサの父親を激しくののしった。

「お前のふしだら娘の子どもを返しに来たぜ。このちっぽけな虫けらは、俺の種の子じゃない」

がっかりしたハッサン・エル・マブルークは、間もなく自分に盗みを働こうとした者たちと同じ道を進んだ。ハッサンはわしらの山道を荒らし始め、運悪くこの男に出くわした者から金品を奪い、追い剥ぎを働いた。警察が何度もわしらのところに来て、この男に食べ物を与えて泊めているとしてわしらを咎めたが、実際は彼に出くわしたときには、わしらの長老たちは正しい道に戻るよう説き勧めてやまなかったのだ。

それから、ハッサン・エル・マブルークは完全に姿を消した。わしらは、この男のこともその略奪行為のことも聞かなくなった。この男が妻を娶《めと》るためにベニ・ハジャールに合流し、部族の生活を送っているのだと、わしらは確信した。アッラーが迷える者たちを正しい道に連れ戻さんことを！

このようなわけで、わしらは祖父に引き取られたハッサン・エル・マブルークのひ弱な子どもを不安を抱きつつ見守ったのだ。問題の多い最初の三年間を過ぎると、この子どもはチューリップと幸福な思い出に満ちた谷の水を吸った春の柘榴の木の枝よりも勢いよく背を伸ばし始めた。だが、わしらが安堵したことに、父親とは逆にスリマンはもの静かで、落ち着いており、礼儀正しく、従順な子どもだということがわかった。スリマンの祖母は、しばしば自分の騒々しい子どもたちにこの子を手本として示したほどだった。灰が火から生まれることは、誰もが承知しているところだ。少年は、戸口のそばに座ったまま、深い瞑想にふけっているかのようにじっと無言で何時間も過ごすことがよくあった。そして、一歳年上でびっこ引きの叔父のアイッサがする乱暴な遊びに加わることを拒んだ。少年は、必要最低限のことしか言わず、質問には非常に簡潔に答えた。そして、仲間も友だちもいなかった。この奇妙な態度が続いたので、祖父は疑問に思い始めた。

「わしの娘は、本当に二人の小屋のそばを通りかかったごろつきに誘惑されたのだろうか」

そしてある夜、全員共同のクスクスをスリマンがつついているのを長々と観察したのちに、この子どもの後見人は言った。

「わしは、この子は少し頭が弱いのだと思う」

このように決定的な宣告が下され、すべてが変わった。スリマンの奇行は、誰の関心もひかなくなった。近所の者たちは孤児を哀れむのをやめた。アイッサは遊びに誘うのをやめ、伯母は手本として示すのをやめ、すでにひどく扇情的な少女のメリエムはスリマンに色目を使うのをやめた。

　こうして、スリマンはアイッサの父親の家で、透明で無害な存在、なじみの寡黙な影として、皆の無関心の中で育ち、生活した。シディ・ブーネムールの市場へあまったオリーブや大麦を売りに行き、食料品店の借金を支払う分の金を差し引いた残りで、家の者に服を買った後で、祖父はまったく悪意なくスリマンの分を忘れたことに気づくのだった。この祖父は非常に公平な人物だったので、村へ引き返し、自分の息子たちに与えるつもりだったものと同じものを孤児にも持ち帰らねばならなかった。その上、この子に割礼を施すことさえ忘れそうになった。最後の瞬間になって、慌ててスリマンに借りもののガンドゥーラ〔外套の下に着用する袖なしのチュニック〕を着せ、大人たちが気を紛らせようとしても、しわくちゃの汚い札をひざの上に置いても効果なく、泣きじゃくるアイッサのもとへ連れて行ったのだった。アイッサは、足を開かれた瞬間にするどい叫び声をあげた。しかし、ブルヌースの刺繍職人はカミソリにほとんど血の跡を残しもせず、立ち上がった。スリマンが背中を押されて進み出たとき、一瞬ためらいが起こった。誰がこのたくましい男の子を押さえつけられるのだろうか？　だが、スリマンは超然としてされるがままになり、この態度は居合わせた者たちの感嘆のささやきを引き起こした。

　スリマンが五歳になったとき、イマームはコーラン学校に受け入れるのを拒んだ。そして、アイッサの父親に言った。

「ハッサンとあんたの娘の結婚では、ファティハ〔コーランの最初の節〕が唱えられたことはない。だから、この子どもは不義の子だ。この子は、神の啓示を聞くために神の家の敷居をまたぐことはできない」

スリマンの後見人は別段抗議することもなく、子どもに一家の山羊の番を任せた。

数カ月後、自分の山羊が以前よりもずっと多くの乳を出し、厚い脂肪が山羊のごつごつした骨を覆っているのに気づいて、アイッサの父親は喜んだ。この年、六頭の山羊が子どもを生んだ。このことについては、わしもこの目で見たし、わしの息子に聞いてみるがいい。

「無垢な者は神の恩恵にあずかるものだ」

この様子を見てうらやんだ者たちは言った。

運よく利益を受けた方は、彼らに反論しようとはしなかった。長い交渉の末に、アイッサの父親は、生まれた子山羊を分けることを条件に、スリマンがイマームと他の二人の山羊の番をすることに同意した。こうして、スリマンはゆうに百頭の山羊の番をすることになり、夜明けと共にまだ緑のある山を求めて、だんだん遠い斜面へと連れて行った。

しかし、この孤児は恐ろしく早く成長し、十二歳のときにはすでに大人の身長だった。イード〔イスラームの二大祭〕の日、スリマンは叔父のブルヌースを借りて、朝の礼拝のためにわしらと同時にモスクに現れた。その姿を認めるやいなや、イマームは手で制した。

「お前はここに入ることができない」

スリマンは顔を伏せ、何も言わずに立ち去った。そして、オリーブの木の陰に隠れて、思い切り泣いた。わしらの多くは、イマームが頑なことを残念に思った。

このときから、養父は良心の問題に突き当たった。そして、妻に打ち明けた。

「スリマンはもう一人前の男だ。頭が弱いにしても、本来なら山羊の番をさせておくわけにはいかない。この仕事は大人がすることではない」

イマームは容易に承知した。そして、自分の耕作用の牛の管理を任せることを提案した。

「うちの農夫のアフメドが、自分の子どもたちをもう使いたがらないいんだよ。スリマンにこの仕事をやろう」

こうして、年下の叔父の一人が山羊番の杖を前任者から受け取り、スリマンはくびきをかけられた二頭の牛の操り方を学んだ。数日後、農夫は少しの間犂の扱いを彼に任せることにした。初心者がする当然のへまをした後、スリマンはまっすぐで二倍深い畝《うね》を掘ることができるようになった。

「お前はものすごい力があるな」農夫は感嘆して言った。

アイッサの父親も孫の器用さにすぐに気づいた。スリマンがますます頻繁に犂を使うようになったのを見て、彼はイマームに孫の給料の値上げを要求した。だが、取り付く島もなかった。

数日考えたのち、意見を聞くためでなく、すでに決まったことを知らせるのだということを示すために、後見人は何気なく、しかし断固とした様子で妻に言った。

「俺は山羊を全部売って、兄さんに足りない金を借りて、シディ・ブーネムールに牛を二頭買いに行くつもりだ。スリマンは一流の農夫だということがわかった。やつは一日に一ヘクタール近くも深く耕すことができるんだ。イマームと同じように、この作業を収穫の一割で貸せば、とてもいい金になる」

「あんたの兄さんはけちなことで有名だよ。びた一文くれやしないよ」妻が指摘した。

「抵当に俺のオリーブの木の一部をやることにしよう」

「イマームは、競争相手ができることを快く思わないでしょうよ」

「そんなことは気にならないね」

スリマンはその代わりに利益を得た。というのも、力任せに押すことができる二本の取っ手と急にやわらかくなった土をかき分けることのできる鉄の犂先を持った本物の犂を手に入れたのだ。

耕作の仕事が終わったとき、スリマンは自分の後見人に、一家の持ち物でありながらこれまで手を加えられたことのない荒れ地を開墾することを提案した。

「でも、そりゃあ大変な仕事な上に、結果にがっかりすることになるかもしれんぞ。この石ころのかたまりに何かを生やすことができるとしたら、まったく驚きだ」

「それじゃあ、何をして一日を過ごしたらいいんだ？」

「好きなようにすればいい」

十五歳のときから、スリマンは死ぬまで続くことになる生活様式を自らに課した。彼はムアッジン〔礼拝を肉声によって呼びかける者〕が夜明けに最初の礼拝の呼びかけをするときに起きた。モスクの外で礼拝を済ませると、山羊の乳をかけたクスクスをかきこみ、三つの大麦のガレットと二つかみの干し無花果をブルヌースのフードに入れ、畑へ向かい、真っ暗になるまで帰らなかった。夕食の最後の一口を食べ終えると、すぐに寝た。同じ年頃の若者たちと違って、スリマンは町へ繰り出し、植民者の娘を遠巻きに盗み見ながらごろつきどもと付き合ったり、吐き気をもよおすあの苦くて泡の立った液体を無理やり何口か飲んだりすることでいい気になる必要をまったく感じなかった。そして、宗教行事のときだけは休むことにしていたが、それは信仰心からというよりもイマームの怒りにさらされることを避けるためだった。

十八歳になると、スリマンは村でいちばん大きい者たちよりも、広げた手の親指から小指までの分だけ大きかった。彼が通ると、感心した村の年寄りたちは言った。

「この若者が善を行うことに自分の力を注いでいるのを見るのは、幸いなことだ」

「そろそろ妻を与えてもいいんじゃないかと思うんだが。この若者の力は褥《しとね》でも発揮されるはずで、間もなく屈強な男の子がわしらに力を貸しに生まれて来るはずだ」

最近手に入れた豊かさがスリマンのすばらしい働きのおかげだということを知っている祖父は、煮え切らない様子だった。皆が同じ意見なのを知って、祖父はついに競争相手を退ける機会を見つけたイマームの影響を受けた集会《ジェマア》の意見に従うことにした。

「わしの娘のメリエムがちょうど結婚する年齢になったところだ」祖父が言った。

しかし、たとえ年下で生娘であっても、一人の男に叔母を娶らせるのは、不健全なことだと皆は言い聞かせた。

アイッサの父親は納得しなかった。しかし、いつでも粋なメリエムは、のちに田園監視員、つまりアリの息子と並んで村の二人目の公務員となる美男のラバフに夢中だった。そこでメリエムは、自分より背丈が倍もある男と褥を共にしたくないこと、なぜなら彼女よりもずっと大柄だった姉と同じ境遇になりかねないからだということを母親に説明した。アイッサの母親の言い分は、夫の計画を諦めさせた。

こうして、彼は娘を持つ父親たちに意見を求めた。そして、もっとも理解ある父親に白羽の矢を立てた。しかし、いったん求婚が公式となり認められると、将来義父となるはずのこの男は、いかなる自然の力を味方とすることになるか心得ているがため、公にスリマンが遺産を受け継ぐ権利を持つことを要求した。

「わしらの祖先の習わしに従って、家族の財産は共有するべきものだ」アイッサの父親は抗議した。だが、親の所有を分けるというのではなく、父親のごろつきが受け継ぐはずの分をスリマンが受け継ぐという意味だということを、皆はアイッサの父親にわからせた。

「この子どもを養うことを引き受けたのだから、この子の財産をあんたの自由にできるのが正論というものだ。だが、この財産は家庭を持つことになった者に返すのが道理じゃないか」

祖父は、スリマンを自分の息子のように育てたこと、それゆえその叔父たちと平等な分け前しか与えられないことを主張した。

会合では長い間討論が続いた。立法者による規定が挙げられ、習慣法の規定が引き合いに出され、もっとも優れた記憶を持つ者たちには前例が求められた。それは激しい論争となった。いつものように、譲歩に基づいた提案よって合意が得られた。最終的に意見を述べるために招かれた張本人の若者は、皆が認めた合意に完全なる賛成を表明し、後見人に対する大いなる感謝と会合に対する深い礼を述べた。

集会《ジエマア》の成員たちは、このようなすばらしい解決策を見つけたことをお互いに祝福し合った。そして、それを祝うためにアイッサの父親とスリマンの義理の父親は、それぞれ山羊を一匹ずつ屠った。

叔父たちと婚姻によって結ばれた家族の者たちに助けられて、スリマンは石の家を建て、結婚式はさっぱりと質素にとり行われた。初夜の翌日から、スリマンは仕事に戻った。

祖父の心配は間違っていたことがわかった。なぜなら、大男は隣接する畑に怠惰な叔父たちを手伝いに来たからだ。かつて自分を養ってくれた者の犂をあやつるのは、まったく当然だと考えているかのようだった。その一方で、複数の息子たちが全員働くようになった今では、祖父は誰の目にも明らかに豊かになっていた。

こうして、これまで収穫したオリーブを売っていたシディ・ブーネムールのユダヤ人の商人とのいざこざがあったのち、祖父は圧搾機《あっさくき》を買うことに決めた。

「こりゃあ儲けものだ」彼は妻に言った。

「どうしてだい？」

「ジトゥナの住民の中で、わしにオリーブを売らない者はいないだろうからさ。季節の終わりには、馬車を借りて平野の町にオリーブ油を運ぶことにしよう。お前は知らないだろうが、事情に通じているジョルジョーが詳しく話したところによれば、フランス人《ルーミー》たちはまた戦争をしているらしい。またドイツ人とだそうだ。それで、商品の配給制を設けたらしい。だから、わしらの食料品店主は砂糖もコーヒーも受け取らなくなったっていうわけさ。海沿いの集合住宅地にわしのオリーブの果汁を持って行けば、苦労の価値があろう」

スリマンは妻がしぶるにもかかわらず、毎年祖父と叔父に大麦とオリーブの収穫の三分の一を譲った。

「俺たちの必要には多すぎるじゃないか」スリマンは言った。

「自分の力と収入を節約したら。時間が過ぎるのは早いし、年も取る。年を取れば、生まれたばかりの子どものように弱くなってしまうよ」

スリマンの妻は、二人の子どもを残して死んだ。辛抱強く、気遣いに満ち、優しく従順に送った短い結婚生活ののちに離れていった妻のために、スリマンは自分自身で墓を掘った。大男があれほどか細い体を腕に載せ、細心の注意を払いながら穴の底に置いたとき、わしらの心は揺さぶられた。

スリマンはますます寡黙になり、以前にも増して仕事に打ち込んだ。再婚の話をすべて断り、亡妻の代わりを娶ることを拒んだ。そして、二人の子どもを叔父のアイッサに託した。

それからというもの、死者が出るたびに、誰から頼まれるともなく、スリマンはシャベルとつるはしを肩に載せ、墓を掘るために墓地へと向かうようになった。

「この男は天の恵みだ」村の年寄りたちは言った。


ここでその機械を止めなさい。わしは少し休まねばならん。それに思い出をかき集めないと。年のせいでわしの記憶が衰えてしまった。そもそも、お前はわしの言うことが何もわからないのだからな。さもなければ、スリマン、つまりオマル・エル・マブルークの父親に何が起こったのか知りたくてうずうずすることだろうよ。それに、奇妙な流れ者がわしらのところに何をしに来たのか知りたがることだろうよ。

そう、オマル・エル・マブルークが現れたとき、あの奇妙な流れ者の予言を思い出した者は多かった。この流れ者は半ば行商人、半ば大道芸人で、いかにも予言者らしいぼうぼうの髭をはやし、長い髪を風になびかせ、毎年わしらの村を訪れた。そして、予言的、あるいはふざけた演説と曲芸を交互にし、しまいには琥珀色の小瓶に入った液体の万能薬の効力を大した熱意も見せずに吹聴し始めるのだった。わしらはこの男がユダヤ人なのだと思っていた。というのも、わしらの言葉を訛ってはいるものの、イマームよりもずっとうまく話せたからで、その上コーランからの引用を自分の話に豪勢にちりばめることができたのだ。この男の奇妙な解説はアッラーの言葉に新しい意味を与え、わしらのイマームはそこに異端の解釈をかぎつけたが、思い上がった気取り屋が反対意見を大胆にも述べようものなら、必ず笑いものにするすべを心得た恐るべき雄弁家と討論するのを恐れて、黙っていた。この男は、果てしない遍歴をとおしてその深く幅広い知識を収集したようだった。

「皆の者、聞くがよい。そして、わしの言葉を心にとめおくがよい。わしが話すのは将来のことで、わしは間違ったためしがない。わしの存在は、ちっぽけな月日を除いても十世紀はさかのぼる。それゆえ、七つの大陸を訪れ、七つの大罪を犯すには十分な時間があった。わしは、お前たち農民がただただ山羊の群の健康と、オリーブの木々の状態と、一日五回の礼拝をきちんとすることにしか関心がないのを知っている。わしが恐るべき世界の秘密を見つけるためにいかなる代価を支払わねばならなかったか話したら、お前たちは恐怖で身が凍ることだろう。七歳のとき、わしは通りすがりの放浪者と姦通するのをやめなかった母親の寝床にサソリを忍び込ませ、予言に従って、自ら植えたオレンジの木の幹の太さが父親の首の太さと同じになったとき、その首を絞めた。わしは、その恐ろしさで名高いかの暗殺教団(15)に所属した。村々に集団で襲いかかって赤ん坊や英知に富んだ人々ののどを切って殺し、わしらは共に広大な国々を恐怖に陥れた。ザンジュの国への三回の旅の際に、わしはお前たちの諦念よりも重い財産を手に入れた。この財産を使って、三隻の頑丈な船を武装し、梅毒病みの流刑囚たちを解放しに遠い島に行った。陸に到着するやいなや、彼らは急いで世界中に病原菌をばらまきに行った。しかも、こうしたことはわしの大罪の中でも軽いほうだ。こんな話をするのも、後でわしがお前たちに硬貨二枚で譲ってやるこの瓶につまった知識の代価を説明するためだ」

わしらに震える時間を与えるために、彼はいったん話をやめた。

「わしは世界の七つの部分を見た。人々が逆立ちして歩く国々、夏が冬で冬が夏の国々、夜が昼で昼が夜の国々、そこの住民が自分たちの鏡の銀色に反射して移動すると、押さえることのできない笑いという病に罹り、狂気以外の理由で死ぬことがない国を歩き回った。そして、木々に人の顔をした実がなるワクワク島(16)に十五カ月滞在した。それから、木が生い茂り、空気が重い国々も発見した。そこでは、蚊の大群の羽音があまりに甘い子守歌をささやくために、原住民は目を覚ますことができずに死ぬのだ。また、永遠の島々も訪れた。これらの島へは、出し抜けにしか着岸することができず、その住民は大麦しか食べず、山羊を飼ってはいるが、その山羊が年を取って死ぬままにし、お互いに石で叩いて戦い合うのだ。わしはあの熱に浮かされた国へも行った。そこでは、太陽が決して沈まず、男たちや女たちは不眠に疲れ果てて、決して溶けることのない雪の上に過労で倒れることを運命づけられているのだ。そして、世界でもっとも貴重な秘密を頑なに守っているアシャシュの国の人々に挨拶を送るために、世界でいちばん高い山、アル・クンムルに登った。おぞましい幼虫に絹を作らせ、彼らだけがお前たちがターバンを作るのに使う薄くて柔らかい布を作るすべを知っている。わしは、いまだに動物を崇拝している人々も見た。また、いかなる神も崇《あが》めず、自分たちの自由に幸福を見いだす人々も見た。この無気力で意志のない男たちは、乳の豊富な妻の乳房にぶらさがって生きているのだ。こうして、お前たちが政治に参加しないのと同じように、彼らは時間の跡を取り消し、記憶を消し去る若返りの乳を吸うことに満足しているのだ。若く記憶を喪失した彼らは、妻に日々の糧も実存に関わる思考も任せている。わしは豊かな髭のおかげで、もっとも過酷な地方から無事に戻ることができた。そこでは、イマームが空の星よりも、地面の小石よりも数多い信者たちから隠されて潜んでおり、この信者たちは秘密裏に自らを進んで切ることによって信仰を揺るぎないものにし、フサイン暗殺の復讐をするために武器を磨いているのだ[17]。いつの日か、彼らはお前たちに襲いかかり、恥じることも哀れむこともなく、お前たちを殉死した子どもと同じ目に遭わせるだろう。また、わしはゴグとマゴグ[18]の子どもたちである、体を覆うほど耳の大きい野蛮人どもを食い止めるためにアレクサンドロス三世が築いた壁を越えた[19]。この野蛮人どもは、いつか大地を荒廃させ、川や湖の水をすべて飲んでしまうだろう。すると、お前たちの国も原初の不毛に戻るだろう。お前たちが歴史の忘却、支配される悲劇、貧困の苦しみ、夜の疑念に甘んじなければならなかったことを、わしは知っている。だが、お前たちの不幸は始まったばかりなのだ」

彼はしばらく何も言わず、微笑みながら進み出た。

「わしはお前たちの気を紛らすためにここにいるだけだ。わしの言葉を真剣に受けとめなくてもよいのだ」

この男は、毎年夏の終わりにわしらの息苦しさを増すかのように大地と希望が塵と化すときに、ジトゥナにやって来た。坂の上に一行が現れるやいなや、子どもたちは角笛を鳴らした。凹型馬車のけばけばしい色の文字は、時間と幻滅によって少しずつ消えていき、馬車を牽くやせ馬も若さを失っていった。「忠実な熊を従えて、わしは世界中の海を航海した。船団全部が沈んでもその跡を見つけることができないほど深い海、お前たちの水平線に現れる海がにわか雨の後の水たまりに思えるほど広い海、水夫が妻の愛を再び見いだせるほど距離の長い海、不信心の者が信仰を取り戻すほど危険に満ちた海を駆け巡った。また、追放された婚約者が明日戻ると知らされた娘が踊るように、月に合わせて押し寄せては引く海を航海した。そして、死海を一周しさえした。この海は、乳飲み子の頬よりも平らな表面をいかなる波も決して乱すことがないゆえ、このように呼ばれているのだ。これは不毛な静寂だ。なぜなら、この海はいかなる魚も養うことがないからだ。それから、お前たちの妻に対する不義の疑いよりも惨憺たる、一年中吹きすさぶ激しい風に船が揺らされることもあった。わしは、無防備な冒険者を引き留める海の罠にはまったこともある。氷のペンチが船体をつかみ、そしてわしがやってみせるように指が卵の殻を割るよりたやすく、あるいはわしの熊がお前たちのうちのもっとも強い者の首を折るよりたやすく破壊した。犬に牽かせた巨大なそりに車を載せ、わしは世界の背中を迂回し、何もうまくいかない国にたどり着いた。そして、あまりに魚が豊富なため日没時には金色になる海、お前たちの無知よりも厚い霧に常に覆われているがゆえ、迷うか行き詰まり、お前たちの将来の指導者たちがする約束のようにいかなる陸にもたどり着かない海も見た。彼らは、お前たちの先祖がアメリカを発見するために最初に大西洋を渡ったのだと語るだろう。だが、それが本当だという可能性は高いとしても、それを信じてはいけない。彼ら自身何も知らないのだから、信用してはいけない」

　この男は無花果の広場に車をとめ、彼を取り巻いている少年の一人に冷たい水を壺に一杯持って来るようすぐに言うのだった。

「わしと熊は、この荒廃の埃が溜まったのどを洗い流さねばならん」

　一度は、この男はこぶしの先にとまった小さな猛禽を見せびらかしながらやって来た。

「これはチョウゲンボウ〔ハヤブサ科の鳥〕で、世界でいちばん獰猛な鳥だ。この鳥は絶対に獲物を逃さない。

だが、もっとも勇敢な鳥でもある。自分より四倍の大きさの鳥さえ攻撃する。これは、わしが何をほのめかしているのか理解できる者に向かって言っているのだ」

彼はこのようなことを戦争の混乱に満ちたときに言うのだったが、さりとて村の住民との年に一回の出会いに来られなくなるような災難は何も彼の身に振りかかってはいないのだった。この男がわしらのところへ向かう道を骨を折って登っているのを見て驚いた兵士たちは、このような追放と忘却の地に一体何に惹かれて行くのだろうといぶかしがった。荷物を検査され、馬車をくまなく捜索され、彼は長時間の尋問を受けた。曲芸師の挑発的な答えは、拷問執行人を当惑させた。

「わしはジプシーに扮装したモスクワの諜報員だ。連邦の最良の学校で大きな経費を掛けて教育された地元の革命家たちが、結局のところ中ぐらいの強国である植民地宗主国を前にどのようにやっているのか見に来たのだ。君たちはわれわれのもっとも優れた生徒たちの有能さを、さほど昔じゃないときに、あそこで、アジアの田園のわきで見ただろう。わしの熊に聞くがいい。それを認めるだろう」

ゲリラはと言えば、この男をスパイだと考え、二度にわたって殺そうとした。

「わしに手を掛けることはできんだろうよ。わしの熊と悪魔の免疫がわしを守っているのだから。逃げるがいい。さもなければ、チョウゲンボウをけしかけるぞ。この鳥はお前たちの目をくり抜いてしまうだろうよ」

この危険な言葉がこの男をおもしろがらせているようだった。彼の言葉はわしらをばかにしていた。

「さよう。わしの合図に従って、気晴らしをするためにここに来た勇気ある者たちよ、この鳥は獲物を襲う前に、飛び立つ。勝利はもっとも強い者ではなく、もっとも決意の固い者に輝くのだということを思い出すがいい。わしの言葉がお前たちの鈍った意識に届かないことを、わしは知っている。だが、わしは手本の効力を信じている。間もなく、のっぽの男が来て、お前たちにわしの言葉を説明するだろう。この男は、お前たちに起こるすべてのことの源であろう」

また、別のときには、馬車に恐ろしい怪物を載せて来た。

「さあ、こちらへ、こちらへ。自然の傑作をご覧あれ」

鉄の首輪につながれた鎖に引かれ、小人が大きな頭を揺すりながら前に進んだ。わしらのイマームは、厄を払うためにすぐにコーランの節を順々に唱え始めた。わしらは、その連祷によく響く「アーミン」で答えた。

「いや、違う！　勇気ある信者たちよ、これは悪魔ではない。お前たちを脅かすために地上に現れたイブリース[20]ではない。この世でお前たちが忍んだあらゆる苦しみの後で、復活の日にあやつに出くわすことは間違いなくないだろうよ。アッラーは慈悲深く、それゆえお前たちが犯した小さな罪について情状酌量してくださることだろう。お前たちの目の前にいるのは、れっきとした人間だ。眼孔に目玉がないことに驚くことなかれ。わしのチョウゲンボウが食らってしまったのだ。この猿のような口にも驚くことなかれ。興行師が子どもたちを笑わせるために、ナイフで開いたのだ。醜怪なものがわんぱく小僧たちの喜びを引き起こすことは、知っているだろう」

そして、彼はわしらを思う存分震えさせるために、小人にもう一周させた。

「わしにこいつを売った者は、こいつが女王の腹から生まれたのだと言い張っていた。この女王は常軌を逸した欲望を軽卒にも満たした結果を見ることになるというのだ。だが、わしは、それは値段をつり上げるためにでっち上げた作り話じゃないかと思う」

彼は口をつぐみ、顔から顔へとそのばかにしたような視線を移動させた。

「こいつにできることをご覧に入れよう」

男は鎖を馬車の柄の輪に引っかけ、馬車の後ろにまわると、振り返って言った。

「それから、何と言ってもこいつに近づかないように」

男はしばらくすると、激しく抵抗する鶏を手に戻って来た。鶏の鳴き声を聞くと、怪物は頭を上げた。曲芸師は獲物を差し出した。しかし、小人の素早い動きは、空を切った。三度目には、曲がった指が鶏の首にかかり、翼を押さえられた鶏は興奮した手によってずたずたにされた。それから、小人は切歯をぴくぴく動く肉にがつがつと立て、血潮がその大きな顔を汚した。この肉食動物の食事が終わるのを待ち、喜びに満ちた男は観衆が描いている半月の中に進み出た。

「子どもたちがこいつの手の届くところに行かないように。さもなければ、鶏と同じ目に遭うぞ」

男はまた姿を消し、バイオリンを手にして戻って来た。

「それじゃあ、場面を変えよう！」

男は、口を拭き終わった怪物にバイオリンを渡した。すると、幸福の谷に抱くわしらの郷愁を完璧に表現するかのような美しく穏やかな調べに、わしらは驚かされた。

「わしは、お前たち各々に自分にとって教訓となるものを引き出してもらうことにしよう」

このように、曲芸師は毎年演説と曲芸を変えていた。しかし、熊は必ずついて来た。

「それじゃあ、世界でいちばん孤立した村の勇気ある農民たちよ、今から一つ提案をしよう。お前たちは、わしが毎年この村を訪れるという栄誉をお前たちに与えていることを知らないでいる。わしの名声は世界でもっとも名高い町で群衆を引き寄せるのだ。光と愛の町パリ、婚礼の日に死んだ婚約者の死装束よりも美しい雪に覆われたモスクワ、華麗な過去に窒息した厳かなウィーン、日に照らされた朝よりも驚きに満ちたロンドン、ボスポラス海峡の沿岸、千の誘惑があるイスタンブール、お前たちが失ったことを泣いてやまないグレナダ、そのドームの頂が空を突き破る豪奢なサマルカンド、世界の中心に建てられた魅惑のバグダード、粋なダマスカス、そして、エルサレム、すべての町の中でもわしの町、心にかなった恋人を見いだした娘の最初の抱擁よりも傾きかけた太陽のもとにある愛情深い町、ウマル・モスクや嘆きの壁の町、ジャスミンの香りに差し出された手によって満たされたわしのもっとも秘密の欲望の町、ああ、わしの子ども時代の町、天国の希望よりも陽気なその庭、それからわしと忠実な熊が訪れたその他の千の都市。わしが行った場所では、必ずさまざまな人々がわしに会い、わしの話を聞くために駆けつけたものだ。もっとも偉大な哲学者たちは、わしの大胆な説のおかげで彼らの思索において斬新な道を見いだした。わしは、もっとも評判の良い神学者たちのもっとも揺るぎない理論を論駁《ろんぱく》した。そして、研究に没頭したがために眉の白くなった学者はわしの博識に驚いた。もっとも敏腕な政治家たちはわしのところに国務を推し進める方法について知識を得るためにやって来て、わしの話を稀なる秘薬を飲むように、一言も洩らさず聞いた。だが、とりわけ庶民、途方に暮れた市井の人々、これから聞く驚くべき話にすでに満足している好奇心の強い子どもたち、この機会によって外出する口実が見つかった、持っている中でもっとも美しい、甘美にも時代遅れの衣装に身を包んだ働き者の主婦たち、暇をもてあました気難しい老人たち。それから、恐ろしさに身震いするのが待ち遠しくて足を踏みならしているくつろいだ服装の娘たち、娘たちを盗み見に来た人をばかにした少年たち、愛のない生活よりも退屈な仕事の気晴らしをしに来た誠実な一家の父親、群衆に引き寄せられたスリ、かっぱらい、車荒らし、万引きなどの不良たち。それから、気取り屋、はったり屋、見栄っ張り、からいばり屋、虚勢張り、夜郎自大《やろうじだい》、ほら吹き、千三《せんみ》つ、増上慢《ぞうじょうまん》、一言居士《いちげんこじ》。また、前に出てうろうろする力自慢の者たち。彼らは見世物の力士よりも自信過剰で、サーカスの闘士よりも自分の腕力を鼻にかけるが、とはいえ、わしの熊にいつも破れ、負かされるのだ。わしの熊は膝をついたことがない。その熊こそが、この熊なのだ。そして、今日この熊はお前たちの前で新たに挑戦するのだ」

演説者は、聴衆に演説の最高潮の意味を理解させるために身振りをやめ、口をつぐんだ。そして、続けた。

「お前たちが不毛な土地から得なければならない日々の糧にのみ心配するつつましい農民だということを、わしは知っている。その他にもお前たちについて、いろいろなことを知っている。お前たちの先祖が出会った逆境から、チューリップと豊穣の谷を去らざるを得なくなり、安全だが不毛なこの山の頂に避難し、希望を諦念と、馬を驢馬と、羊を山羊と、書を口承と、知識を迷信と、科学を魔術と取り替えなければならなかったことを知っている。また、生活の厳しさがお前たちから娯楽や競争への興味を失わせ、実用的でなければ力にも器用さにもお前たちが感嘆することはないのだと知っている。だから、わしはお前たちに挑むつもりはない。ただ、友情に満ちた試練に招待するだけだ。お前たちの中でわしの熊を打ち倒すことができた者は、その栄光を手に入れるだろう。わしはその者の写真を撮り、その者を褒め称えながら世界中を旅するだろう」

もちろん、わしらのうちの誰も熊の前に出ようとする者はいなかった。

「そら、そら、ちょっと勇気を出して！　最初の挑戦者に、わしの奇跡の秘薬を二十本進呈しよう」

この提案は、誰の興味もひかなかった。

長々と聴衆を眺めた後で、曲芸師はいちばん後ろからこの場面を見ていたスリマンを指した。

「そこの大男、わしの熊と力比べをしないかね？」

飼い主が決闘を提案すると、自分の役割をよく心得たこの蹠行《しょこう》動物は、唸ったり爪で空を切ってみせたりし始めたが、スリマンはブルヌースを脱ぎ捨ててそちらへ進み出た。

「ほうら、村に名誉をもたらす勇気ある男の登場だ」行商人が叫んだ。「この戦いは不平等なようだから、もしお前が勝ったなら、特典としてキリストの謎の啓示と、春の暖かい日の黄昏に老年に達する前にやって来る死の恩恵をやろう。下がって、下がって。十分な場所を作らねば。男よ、言っておくが、わしの熊はこれまで負けたことがないぞ」

そう、お前に話しているわし自身が証人なのだ。この目で見たのだ。スリマンは勝った。熊を車に乗せ、持ち物をしまった後で、髭の男はわしらに言った。

「わしは、この実に長い人生の中で、今日もっとも屈辱的な経験をした。初めて、わしの熊が打ち倒されるのを見たのだ。毎年同じ頃、同じ挑戦のためにわしは戻って来よう。お前たちの勝利者が膝をつくまでやめないつもりだ」

こうして、毎年夏の終わりに、人間と動物の戦いが繰り返された。いつも勝っていたスリマンは、この定期的な対戦を大がかりな農作業の一部と考えるようになった。そして、当事者の力が衰えることなく、時間は経っていった。

人間のほうが膝をついた日まで。

「わしは、敗北したままではいられなかった。わしの熊がお前たちの闘士に勝った今日、わしは去ることにしよう。お前たちがわしの姿を見ることはもうないだろう」

何も言わずに、スリマンはブルヌースを拾い、畑へ戻った。翌日、スリマンがオリーブの木の幹に背をもたせているのが見つかった。彼は息を引き取っていた。

そう、こうして、オマル・エル・マブルークと金髪のウリダの父親であるスリマンは死んだのだ。二人は、びっこのアイッサの子どもたちといっしょに育っていった。

立ち去る前に、曲芸師は言った。

「お前たちは、自分たちの不幸が始まったばかりだということを覚悟しておくがよい。父親が埃の中で転がっているというのに、お前たちのうちの誰一人として手を貸そうとしなかったのを息子は見た。この子はこのことを忘れないだろう」

「山羊の性器よりも暑いな」彼は車から降りながら言った。

　顔を拭くためにサングラスをはずしたとき、オマル・エル・マブルークはわしらのほうを向いた。父親が熊の重みにあえぎながら地面に倒れている間、絡み合った三本の無花果の木の隙間からわしらを凝視していた若者の憎しみに満ちた視線を、わしらはすぐにそこに認めた。その体格はずいぶん変わっていた。わしらの記憶の中には、やせて骨ばった頑固そうな少年のイメージが残っていたが、わしらの前にいるのは、ふくれた頬、せり出した腹、ぽっちゃりした手をした白髪交じりの太った男で、その首に刻まれた何重ものしわは、この人物が間違いなく空腹を知らないことを示していた。

「何て暑さだ！」彼は繰り返した。

　そして、サングラスをかけ直すとわしらのほうへやって来た。

そう、目をわしらに見せることさえしなかったのだ。まるで、このことが挨拶をしないことや左手で食べることよりもひどい、最悪の不作法だということを忘れたかのように。

年寄りたちを従えて、イマームが迎えに出た。男の前にたどり着くと、イマームは立ち止まり、相手の口づけをターバンに受けるためにわずかに頭を下げた。

しかし、オマル・エル・マブルークは、まるで吐き気をもよおす匂いから逃れようとするかのように、胸を反らせ、頭を上げた。

気まずい沈黙の後、イマームが言った。

「お前の村にようこそ」

オマル・エル・マブルークは、イマームに背を向け、広場の真ん中に向かって進んだ。そして、そのサングラスに守られた目で周囲を見渡し、言った。

「俺の若い頃から、どうやら何も変わってないようだな。お前たちの村は以前と同じで具合が悪い。まるでメキシコの部落だ。広場のまわりに寒そうにかたまったあばら屋。植民地支配から逃れたのだということを表すために、旗を立てた死者のための記念碑さえ建てることができなかったとはな」

それから、漏れそうな笑いを噛み殺しながら続けた。

「だが、お前たちはそんな記念碑が何の役に立つのかと言うのだろう？　何せ、そこに刻む名前がないんだからな。確かに、お前たちはあまりに卑怯なために忍ばなければならなかった数々の侮辱にもかかわらず、自由の戦士たちに合流するために抵抗運動に参加しようなどと思いもよらなかったわけだ。俺の父親が蹠行動物の爪の下で地面に倒れているときに、お前たちのうちの誰一人として助けようとしなかったようにね。お前たちは大勢で、しかも若かったというのに。死者の墓を掘り、畑に埋まった石を掘り出すのを助け、新婚夫婦の家を建てるのに必要な木を切って運んだスリマンの親切を、お前たちは褒めてやまなかったというのに。俺の父があの動物と戦うのを承知したのは、お前たちの名誉を守るためだった。そして、そのせいで死んだのだ。熊ではなくて、お前たちの卑怯さが父を殺したのだ」

　突如ばかにしたような微笑みを浮かべ、オマル・エル・マブルークは続けた。

「俺が死んだと思っていたんだから、俺の名前を刻むために石碑を建てられただろうに。そうすれば、俺を厄介払いする役に立っただろうよ」

　それから、真面目な様子で肩をそびやかした。

「もっとも、お前たちが黙っていたのは正しいのかもしれない。動乱はお前たちに影響することなく過ぎ去ったのだからな。だが、この戦略はお前たちを待ち受けている将来からお前たちを守ることはできないぞ」

　一瞬ためらったのち、わしらの行政上の代表者が進み出た。

「俺はモハメドだ。覚えているか？」

　知事がサングラスをはずしたのは、これが二度目だった。そしてモハメドは、残酷な嘲弄が光らせるダイヤモンドのように硬く研ぎ澄まされた目に出会った。

「もちろんだ。お前は鍛冶屋のジェルールの息子だろ」

「違う、青のメサウードの息子だ」

「どちらにせよ、お前が村いちばんの意気地なしだったことを覚えてるよ。いつも俺たちの冒険に慎重に後ろからついて来て、少しでも危険があろうものなら、すぐに逃げだそうっていうわけさ。あの頃から変わったのかい？」

「俺はジトゥナの行政を任された市長助役だ」

「俺が言ったとおりだ。いつも引っ込んでるわけだ。お前の上司はどこだ？」

「行政中心地のシディ・ブーネムールだ」

「お前たちは絶対に変わらないだろうよ。いつでも保護され、いつでも二番手で、いつでも子どもなのさ。お前たちは惨めなままだろうよ。何のことか俺は十分承知している。何しろ、ここで生まれたんだからな」

「お前を歓迎したい」

「それはもう済んでる。ありがとう」

「公式に、という意味だ」

「それで、お前の偉そうな上司は、俺を迎えるために椅子からケツを上げる必要はないと判断したわけか？」

「知らされていたんだが」

「あいつをクビにしなければならないということを思い出させてくれ」

「もちろんだ」

「それがお前を喜ばすことになるということは、わかってる。お前たちは繰り返し敵対のうちに暮らしてるのだからな。お前たちの土地の出身だという理由で、お前たちは預言者を拒否した。お前たちの羨望の能力は計り知れない。もちろん、俺はお前をあいつの代わりに任命するつもりだ。お前がすでに権力の病《やまい》に取りつかれているのが、俺にはわかる。だが、信じてくれ。長い間大喜びすることにはならないだろうよ。捨てたものを好み、好んだものを捨てることを俺がお前に教えてやる。そして、お前は人質となり、絶対服従することになるだろう」

オマル・エル・マブルークは荒々しくネクタイをはずすと、サングラスを再びかけ、均整のとれない壁と傾いたドアと不規則な屋根でおおざっぱに建てられたわしらのあばら屋を観察しながら、通りを歩き始めた。

モハメドは、距離をおいて彼について行った。

「太陽も前と同じぐらい厳しく照るときてる」

メサウードの息子は、へつらった微笑みを投げかけた。

「お前が来たことで、いろいろなことがいち早く変わるだろうと思うよ」

「そのつもりでいて大丈夫だ」

「俺たちはとてもうれしく思っている」

「お前は、以前の完璧な偽善者のままのようだな」

メサウードの息子は顔を下げた。彼は、自分をののしっているこの男をそこに置き去りにして、背を向けたいという衝動にかられた。

そのとき、十歳ぐらいの子どもが一人家々の間をジグザグに横切る路地から飛び出して来た。子どもは葦《あし》で作ったプロペラを、腕を伸ばしたまま勢いよく走って回そうとしていた。プロペラの羽が知事のせり出した腹にぶつかり、パイロット見習いは顎を突き出したまま、急着陸した。

「淫売の息子め！」突き飛ばされたオマル・エル・マブルークは叫んだ。

そして、起き上がろうとしている子どもに思い切り足蹴りを食らわせ、子どもは本当に離陸してしまいそうになった。

「薄汚いガキめ！　捕まえたらケツを掘ってやるぞ」

口から血を流し、頬を腫らしてもう一度立ち上がった少年は、一目散に逃げていった。

「はな垂れどもも変わってないな」

「あれは俺の息子だ」モハメドが言った。

ためらいがちなわしらの代表を従えて、知事は再び歩き始めた。

「初心者のようにしてやられたんだ」彼は打ち明けた。「やつらの県庁なんてどうでもいいんだ。俺が狙ってたのは、大使館だ。手に入りにくい通貨のいい給料、首都の真ん中に建っていて使用人がうじゃうじゃいる邸宅、俺の気に召すように朝から夜まで、夜から朝まで待っている運転手つきの豪華な車、愛人や通りすがりのヒッピーなど誰でも望みの人物を国の金で招待できる特権。愛人は公のレセプションで、ヒッピーは飲んだ後に散歩する歩道でナンパする。濫費のための店に常に吸いよせられている妻は、俺のことを放っておき、俺に通りや雌どもを荒らさせておく。夢ってわけさ……。だが、俺に回ってきたのは、世界地図にも載らないほど地味でぱっとしない、国家元首がいらないほど民主的な僻地の国だけだった。だったら、誰に信任状を渡すのさ？　そんな場所じゃ、俺は退屈と郷愁で死んじまうよ。もちろん、断ったさ。それから、長い間俺のことは忘れられていた。そして、意見を聞かれることなく、このポストを任されたのさ。出身の部族に送り返したってわけだ。ゲス野郎どもは、俺に対してまったく卑怯にふるまった。子ども時代の俺が畑の泥の中を十分に引き回されなかったとでもいうようにね。俺に何もかも期待して、強い太陽や厳しい寒ささえ和らげ、石女《うまずめ》を妊娠させ、雨を降らせ、びっこの足を治せという土百姓どものところに来なければならないんだからな。ああ！　畜生！」

二人は、かつての植民者の三つの館がある村の外れにたどり着いた。

「この館は誰が使ってるんだ？」オマル・エル・マブルークが尋ねた。

「この一棟は市役所の支局と郵便局だ。俺とイマームが二棟目を使っている」

「お前たちはまったく遠慮してないということだな。どこでも、村のお偉いさんが最初にいいとこ取りするものさ」

「弁護士が三棟目を使っている」

「弁護士？　どの弁護士だ？」

「昔のさ」

「あの小男か？　あいつもここに送られたのか？　いい気味だ。利口ぶろうとさえしなければ、今も大臣だったことだろうよ。やつは責任感などという贅沢品を自分のものにできると思っている人々の部類に入る。権力と責任感が矛盾するってことを、まだ理解してないのか？　ともかく、お前たちは最初の二棟を四十八時間以内に空けるんだ。俺の行政機関が動き始めるのに必要だからな」

「でも……」

「『でも』とは何だ？」オマル・エル・マブルークは、眉をしかめて叫んだ。

「俺とイマームの家族はどこに住んだらいいんだ？」

「それはお前たちの問題だ。この建物は国の持ち物だ。お前たちが非合法に住み着いているだけだ。お前は、不法状態でいたくないだろ。ジトゥナの市長になったからにはな」

「そうは言っても……」

「なんだよ、クソ？　さっき俺が説明したことが何もわからないのか？　お前はこれから何でも注意深く聞き、盲目的に従わなければならないんだ。話し合いも反対意見も終わりだ。俺が命令する。そして、お前は従う。わかったか？　じゃあ、問題は解決したとみなすぞ」

それから、彼は急に話題を変えた。

「この村で唯一変わったのが何か知ってるか？　ユーカリの木が大きくなったことだ。木がたてる音からすると、その枝には百万の鳥が来るはずだ。しまいには騒々しくなる。お前たちの昼寝の邪魔にならないのかね？」

オマル・エル・マブルークは腕時計に目をやった。

「もう遅いぞ！　この村があまりに遠いせいで、来るだけでまったくの大旅行になるからだ。こんなところに住まなければならないとはな」

オマル・エル・マブルークは市議会議員を従えて道を引き返し、足を速めた。無花果の広場に着くと、力強い声でわしらに宣言した。

「聞いてくれ。お前たちは全員俺を知っている。俺はこの村の息子だ。お前たちは、忘れられているとも、革命ののけ者にされているとももはや言うことはできない。これからは、将来はお前たちの手中にある。われわれは一緒にこの国を築き、そこに繁栄と正義をもたらそう。お前たちの周りには、かつての幸福の谷のように、ブーゲンビリアが花咲き、子どもたちの笑いが溢れるだろう。胸躍る仕事がお前たちを待ち構えているのだ」

こう言うと、彼は車のほうへ向かった。そして、慌てていたため、失礼ながら、驢馬の糞に足をついた。彼が靴底を振りながら悪態をつき、車の中に消えると、車はすぐに発進した。

「あの男は、自分の妹がどうしたのか聞くことさえしなかった」イマームが言った。

わしらは皆、オマル・エル・マブルークの激動の子ども時代を覚えている。無花果の広場の年寄りたちは、獲物を狙うワニの見せかけの無気力状態の中で、早くからこの小悪魔の騒々しさに気づいていた。そして、お前にもう話した祖父のハッサン・エル・マブルークの性格を受け継いだのではないかと恐れていた。

わしらは慎み深いが、お人好しではない。わしらが言わずとも、心の中にずっと残っていることもある。わしらの子どもたちがやる獣のような行為や自然に反した行為を何もかも知っている一方、それを言葉によっても態度によっても認めてはいけないと、倫理の問題としてわしらは信じている。こうした行為をありふれたものにしてしまわないためだ。わしらは若者たちの最初の動揺を見分けるのに長けており、そうした場合にはさっさと娘と一緒にしてしまうようにしている。寡婦や離婚した女たちがこうした若者を密かに迎えることを、彼女たちがその結果の結晶ができないよう用心することを条件に、わしらのしきたりは認めている。そして、このような女たちは、もし望まれるなら、自身にも相手にも不名誉とならずに、新しい夫を見つけることができる。だが、父親は皆、息子にこれら孤独な女たちが持つ魅力の危険を、それとなくわからせるよう妻をそそのかすのだ。それでも、彼女たちに愛着を持ち、結婚したがる者さえもいた。すると、それは人々の非難の下で行われる結婚となるのだ。というのも、このような結婚は理にかなったものではない。大抵は、均整の取れた夫婦ではないからだ。

それから、大河と鉄道の向こう側の平野の町へ旅に行く際に、彼らが吐き気を引き起こす禁じられた飲み物を試したり、金ばかりか自尊心までなくしてしまう快楽の家を訪れることも知っていた。だが、彼らが短い旅の終わりに世界中のすべての喜びを知り尽くし、より思慮深くなって戻って来るだろうと考えて、わしらは放っておいた。

しかし、このろくでなしのオマルがこうした嘆かわしい行為にあまりに頻繁にうつつを抜かしているのを見て、わしらのうちでもっとも駆け引きに長けた者が、後見人の油絞り職人のアイッサに話すことを承知した。ところが、この年寄りは天に向かって腕を上げる他は何もできなかった。

「わしはアッラーがあの子を正しい道に連れ戻してくださるよう祈っている」

この不良は大人にまったく敬意を払わず、非難されると口答えさえした。そして、女たちが通るときに、無遠慮に目を上げるのだった。五歳のときには、後見人の山羊に草を食べに行かせるのを拒否した。また、イマームの最初の二回の授業だけで満足し、その後はコーラン学校の茣蓙《ござ》を放棄した。その暴力的な遊びには、限りがなかった。ある日、かぎのように曲げた両手の人差し指で、鍛冶屋のジェルールの長男の唇を裂いた。この哀れな子どもはあまりに不細工になったがために、のちに何かしら不具のない相手の娘を見つけるのが大変だった。そのときには、父親の財産が非常に役に立った。オマルはあまりに狼藉を働き、盗み、嘘をついたので、厳しく罰するよう長老たちが大叔父に求めた。水も食べ物も与えられずに、何日もくるぶしと手を縛られて放っておかれると、オマルは後悔するそぶりを見せ、改心すると約束し、許しを請うたが、いったん自由になってしまうともとの習慣に戻り、以前よりひどくなったようにさえ思われた。

オマルは、狼の罠をくすねたり、迷った山羊がいようものなら盗んだり、泉に水を汲みに行く少女たちを怖がらせたりして、わしらの山の斜面を略奪し続けた。

そして、ワインを買いにしばしばシディ・ブーネムールへ行くようになり、やぶに隠れて飲んでは橋の近くに張り込んで、通行人全員に喧嘩をしかけるのだった。

「ここから来るやつとここへ来るやつ全員の母親のケツを掘ってやる」杖をかざして、オマルは叫んだ。その背丈に、いかなる意志も挫かれた。

一度、オマルは棍棒を使って植民者マルシアルの娘のスザンヌを窪地に連れて行き、乱暴した。家へ帰った後、彼女は告げ口しなかった。だが、わしらの故郷《くに》のようなところでは、すべてが広まる。

マルシアルは、ジョルジョーを海の向こうへ行かせることになった戦争の少し後に、わしらのところへやって来た。そして、カラブリア人〔イタリア最南端より入植した者たち〕の所有地を二束三文で買い取った。このカラブリア人は、遅い時期に来たため、わしらの山の石ころだらけの斜面にしかありつけなかったのだ。この男は、まず小麦を、それから煙草を栽培しようとしたが、諦めた。というのも、わしらの誰一人として彼の使用人になることを受け入れなかったのだ。実際のところ、彼は収入の大部分を緑色のリキュール〔アブサンのこと〕に使っていた。

「この不毛な斜面全部を平野の一ヘクタールの値段でたたき売りたいところだ」

マルシアルは交渉を受け入れた。ユーカリの樹林のそばに、トラックが持ち物をぶちまけた日、彼は袖なし外套の下で笑っていた。

「安心しろ」彼は、奇妙な俗語を使って言った。「俺はここにお前たちの競争相手になるために来たんじゃない。俺はお前たちの国よりももっと厳しい国から来たのだ。俺は大麦を育てるつもりも、山羊を飼育するつもりもまったくない。労働に価しないことを知ってるからだ」

そして、笑った。

「俺は、それよりもずっと金になる仕事をするんだ」

このマルシアルという男は、変わっていた。彼の興味を惹いたのはカラブリア人の所有地ではなく、隣の山々の頂上を覆う大きな森の近くにある立地だった。騾馬に大量の猟銃と狼の罠を積み、森へ向かい、何週間もそこで過ごすのだった。それから、騾馬に毛皮を積んで戻って来るのだった。途中で出会う農民たちに、挨拶代わりに冷やかすような笑い顔を見せながら。そして、毛皮を塩漬けにした後で、日に干した。この男は、村中を漂う臭気に喜びを感じているかのようだった。こうして、毛皮を二輪車に積むと、シディ・ブーネムールに売りに出かけるのだった。

「見てるがいい」マルシアルは大喜びで言った。「見てるがいい」

実際、この奇妙な商売は実り多く、マルシアルはすばやく財を築いた。それは、彼の笑い声を大きくし、その顔立ちの醜さを少々目立たなくし、肋骨の浮き出た胸部を膨らませた。

こうして、マルシアルはカラブリア人から受け継いだ小屋を大きくすることにし、工事が終わると、シディ・ブーネムールの寡婦《やもめ》に財産を分け合う提案をしに出かけた。この寡婦というのは、その仕事に対する果敢さ、さもなければその見かけの悪さが彼の目にとまったのだ。この寡婦の最初の夫は鉄道の制動手で、動いている車両の車輪に体を真っ二つに切断されたのだった。食事のときに飲みすぎた酒の後の麻痺状態のせいで、ハンドルを回すのが遅かったからだ。後退した車両がこの男を押した際に、レールの枕木につまづき、線路に横たわって倒れたのだ。

思わぬ幸運に、醜女《しこめ》は再婚を二つ返事で承知した。妻はジトゥナに住み、成功のせいで軟弱になり始めた夫の世話と仕事に精を出した。

二人は娘を一人授かったが、この娘は父親と母親の醜さを両方持ち合わせていた。

マルシアルは、ある日シディ・ブーネムールの客から年若い商売敵がいることを知らされた。毛皮売りは高笑いしただけだった。

「商売敵だって？　オコジョやテンや狐やコエゾイタチや野兎や狼を捕まえるのが簡単だとでも思ってるのかね？　せいぜいうまくやることだ」

帰り道すがら、笑いがやんだ後で、険しい眼をしたこの男は困惑した。警戒心にとらわれたマルシアルは、干してある毛皮を数え始めた。それも、猟銃の二重の銃口がオマルの顎に突きつけられた日までのことだった。

納屋のドア口にいたスザンヌが鋭い叫び声を上げた。

こうして、マルシアルは自分の娘と若者の間にあった罪ある愛を知らされた。彼はほとんど心を動かされた様子がなく、その一方で毛皮の一部が消えたことにより大きな不満を示した。そして、泥棒を倉庫の柱に縛りつけると、尋問した。それから、家へ帰った。

翌日、上機嫌を取り戻して、マルシアルはオマルのもとへ戻って来た。

「よく聞け」マルシアルは言った。「俺はよく考えた。お前を警察に引き渡さないことにした。お前があのできそこないの不良のスザンヌとアザミの中で寝転びたいなら、そうするがいい。こんな思いがけない幸運をあいつから取り上げるわけにはいかない。だが、お前に提案がある。俺は年を取った。俺の哀れな関節は、森や夜の湿気の中で長い間駆けずり回るのにだんだん耐えられなくなってきている。俺と組まないか？」

オマルは、まず解放されることが第一だと考えた。そこで、すぐに承知した。

「お前に罠の仕掛け方、くくり罠の置き方、兎の狩り方を教えてやろう。俺の経験とお前の若さがあれば、俺たちがすぐに大金を稼げることは目に見えてる。海の向こうで毛皮がどれほど人気かお前は想像もできないだろうよ」

スザンヌがどんな娘か話さねばなるまい。お前も知っているように、フランス人《ルーミー》は皆美しい。あの下品な目の色さえなければ、完璧だ。だが、まるで神がこの娘に人のもつすべての欠陥をお集めになったかのようだった。その体は太っていて荒削りで、挽き臼よりも重かった。この娘は、鈍重な様子を母親から受け継ぎ、目やにだらけの険しい目を毛皮専門猟師の父親から受け継いだ。まつげのないその瞼《まぶた》は常に炎症を起こしていて、蠅の餌食となっていた。そのつやのない頬は、秋の枯れ葉に似ていた。束になった髪は少なく、脂っぽい頭の地肌を太陽にさらしていた。その短い唇は口唇裂だった。この娘は豚肉を食べる者特有の口臭があり、その肌は青、つまり黒かった。わしがわざわざ説明するのは、この言葉を言うのが不作法だと思うからだ。

それでも、オマル・エル・マブルークはマルシアルのところに住み、怪物と共に夜を過ごした。

このごろつきの妹のウリダを見ると、ラドワーン〔天国の門を守る天使〕が怠慢から天国の扉を閉じるのを忘れ、そのため天使が逃げ出したのだと信じたくなるものだ。

　わしらの地方では、熟れたナツメヤシの実の顔色は、間違いなく日がな一日畑で汗水垂らして働く、日焼けした肌の農民だという証拠だ。わしらにとっては、肌の白さは都会や特権階級や財産を意味する。肌がもっとも白い娘は、最低限の腰回りと尻の大きささえあれば、もっとも求婚されることが多い。適齢期になると、娘たちは太陽の光を避けて、顔や手に肌の色を輝かせる香油を塗り始めるのだ。収穫の日の小麦の穂よりも金髪で満月のように輝く顔のウリダが誰に似ているのか、皆自問していた。その優美な物腰と蜜の言葉が、この娘をますます魅力的にしていた。ウリダはおまけにたいそう親切で、非常に礼儀正しかった。それに、無花果の木の枝にぶら下がっている壺に水を汲みに行くのを絶対に嫌がらなかった。いつでも挨拶や思いやりの言葉を忘れないこの子どもは、朝に出会った大人の一日を気持ちのよいものにした。

　しかし、こうした自然の賜物が目や耳をうるおす一方で、わしらはオマル・エル・マブルークの妹が育っていくのを心配なく見ていたわけではないのだ。これほどの魅力が集まっているとなると、わしらの若者たちの欲望の火をかきたてないわけがない。わしらは、美しさが引き起こしかねない乱れや情熱の悲劇を恐れることを学んでいた。血気盛んな祖先から挑戦への嗜好と武勲を求める気持ちを、わしらは受け継いでいるのだ。わしらは、一つの言葉や微笑みや目つきのために殺しかねない。敵を奪われてからというもの、わしら自身にすぐに銃を向けるようになっていた。ちょっとした侮辱が、終わりのない殺戮となりかねなかった。

　だが、ウリダはわしらの懸念を茶化したがっているようだった。彼女の行いはすべての点において、称賛に値した。わしらの生娘たちが最初の体の興奮を覚え、従兄たちに大っぴらに色目を使うようになる年頃に達すると、ウリダはこのような行動に出るのを拒み、ますます控え目になった。この娘が気取っているために、称賛の眼差しやお世辞から逃れようとしているのでないことを、わしらは理解した。

　そもそも、ウリダはろくでなしの兄が言うことを聞く唯一の人物だった。脅されても、殴られても、罰されても何ともないこの少年も、妹が眉をしかめるだけで落ち着くのだった。ウリダの声だけが、喧嘩っ早い腕白を喧嘩の途中で立ちすくませることができた。妹が急におとなしくなった兄の手を引いているのが、しばしば見られた。女たちは皆、悪童の乱暴に対する文句を彼女に言うようになった。そして、アイッサ自身、こっそりと少年の教育を彼女に任せるようになった。だが、時間が経つにつれて、ろくでなしは彼女の影響を徐々に逃れるようになった。家にはだんだん帰らなくなり、娘が当然行くことのできないような自然の中を日夜ぶらぶらするようになった。

　オマルがマルシアルのところに落ち着いたこと、そしてこの男のために野生の動物を狩り、その娘と寝ていることを知ったとき、ウリダは怒り狂い、それがわしらの心を熱くした。

「異教徒に仕えることを承知するほど、兄は尊厳を失ってしまったのかしら？　性器の毛を剃ることも行為の後体を洗うこともしないおぞましい怪物と褥《しとね》を共にするほど、あのことに取りつかれているのかしら？」

ウリダは半日の間休むことなくわめいた。それから、わしらはこの娘がヴェールをかぶらずに太陽の下に出るのを見た。この十五歳の少女は、真っ昼間に姿を現す北極星よりも驚異的だった。猛り狂った足取りで、ウリダは植民者の館へ向かった。一時間後、しょんぼりして恥じ入った兄を後ろに従えて、彼女は再び現れた。

わしがお前に言えるのは、わしらはこの娘を誇りに思っていたということだ！　この娘に、わしらの顔は喜びで赤くなった。

だが、この日の夜起こるであろうことを、わしらは予想していなかった。陰謀の網が知らないうちに張り巡らされていたのだ。誰も非難すべきではない。なぜなら、わしら一人ひとりの運命は、世界の大いなる書に記されているからだ。無分別な者だけが自分の運命を手にしていると勘違いするのだ。わしらが持つ倫理の厳しさにもかかわらず、わしらはウリダを断罪することはできない。それは、わしらのうちの一人としてこの悲劇がどのように起こったのか正確な事情を知らないだけに、ますますのことだ。アッラーのみが全知でいらっしゃる。

しかし、今でもわしらは心の傷を抱えている。この話はまた後でしよう。これから、癩病《らいびょう》患者たちの話をしなければならないからな。

オマル・エル・マブルークがやって来てから三日後、黒い皮の服で全身を包み、ブーツを履き、ヘルメットをかぶり、顔を隠した警察官がオートバイでやって来て、市役所支局のドアに紙を貼った。わしらはアリの息子を緊急に来させ、この通達に記された内容を説明させた。今後、羊、牛、山羊、その他爪のあるものもないものも、二本足のものも四本足のものも、すべての家畜の公道への侵入を禁止する、そしてこれに違反するすべての家畜は治安部隊によってシディ・ブーネムールの市営家畜小屋にただちに連れて行かれる、その家畜の持ち主は罰金を科され、三日以内に支払わなければならない、家畜は競売にかけられ、入札者に落札時の値段に十パーセントの税金を上乗せした額で売られる、とのことだった。

田園監視員のラバフは、アリの口から自分が治安部隊の代表であり、この規則の適用を任されているということを知らされて驚いた。

「俺が？」ラバフは念を押した。

「そのとおりだ」アリの息子が答えた。

「でも、公道ってどこのことだ？　この狭く曲がりくねった路地のことか？」

十五日後、ふんだんにクロムめっきした車が再び現れたが、そのドアモールは日の光を繁殖させようとしているかのようだった。わしらは、すぐにカフェの茣蓙《ござ》の上で昼寝しているモハメドを起こしに行った。モハメドは、慌てて目をこすりながらカフェを出た。

最初の一歩を踏み出すやいなや、知事はモハメドに言った。

「この騒々しい雀の声の中でどうやったら寝られるんだ？」

モハメドが肩をそびやかそうとしているところに、二つ目の質問が投げかけられた。

「じゃあ、館はもう空にしたな？」

まだ明晰さを完全に取り戻していないメサウードの息子は、口ごもりだした。

「お前たちは俺を騙すことはできない。俺はお前たちのことをよく知っている。服従の仮面の下で、お前たちは腹黒く、ずる賢いんだ。お前たちはこうして植民者をごまかすことができたが、俺にはその手は通用しない。だから、はっきりさせておこう。これらの住居を数時間のうちに明け渡すか、さもなければ警察がお前たちの妻と子どもを尻に足蹴りを食わせて追い出すかだ」

人差し指で彼はモハメドについてくるよう指示し、わしらに背を向けた。二人は数歩進んだが、知事は立ち止まった。そして、軽蔑を炸裂させた。

「この村にある唯一の小道が、お前たちの精神よりも曲がりくねってるんだからな。まったく、どうしたらこの集落をまずまず許される程度の県庁所在地にできるか言えるのか？　じゃあ、どうしてジトゥナにしたんだ？　お前は俺に聞くだろう。俺たちを支配するあの策士どもとのつきあいは長いから、その計算がどんなものかは完璧に知っている。少年時代を過ぎた頃から、俺はこの世界の権力者とつきあうことによって、得るものはあっても失うものはないと理解した。こうして、抵抗運動に入ると、俺はすぐにジトゥナの土百姓の仲間たちを捨てて、ギラギラした目をしたいらついた男たちに近づこうとした。独立後、俺は生まれ故郷に戻るというへまをしなかった。初めから自分たちがどこへ行くのか知っていて、首都へ向かって行った者たちの後を俺は追った。お前たちは俺が死んだと思っていたが、俺は町の豪華な屋敷でくつろいでいたのさ。こうして、後悔なく暮らした。俺は大使館の職を要求し、任命を待つ間、お前たちの頭に詰まっている迷信よりもさらに内実に欠けた職務のために、莫大な給料を支払わせていた。俺が何だか知りさえしない機関の局長さ。俺の大臣は抵抗運動で俺と知り合い、俺をもっとよく知りたいとはまったく思ってなかった。この男は俺に事務室を与える気はなかったし、俺のほうでも要求する気はなかった。だが、与えられてしかるべき公用車を要求することは忘れなかった。真っ黒で、ピカピカのドアモールのついたやつさ。この車のやわらかいシートは、愛する女の優しさのように俺を受け入れる。窓を全開にして、風に吹かれて、目的も道順もなく一時間も走ると、山岳地帯で難路を進んだ年月の穴埋めをするのに十分だった。俺の上司のちょっとした卑劣は、運転手つきの車を送ってきたことだ。自分もかつては抵抗運動のメンバーだったこの運転手は、どうして俺の思うようにしなければならないのか、どうして俺が局長で自分は最下級の職員なのか理解できなかった。この男は、俺たちは二人とも文盲で、似たような場所の出身で、山で戦うために同じ年に出かけたのだと言っていた。『じゃあ、俺に説明できるか?』こいつはしつこく言った。この不平家を連れて歩く気はなかったから、俺は鍵を取り上げ、恨みと思い出をよそで育みに行くよう言ったんだ」

「こうして、大使館の職を待つ何年もの間、朝はうとうと寝て、午後はナンパし、夜は飲んでセックスに耽った。神はお許しくださるだろうが、俺はお前たちの畑のオリーブの木の数よりも多くの女たちをベッドに連れ込んだ。権力が放つ魅力の中毒に罹った女がどれほどいるか、お前は想像もできないだろうよ。それぞれの権力者の周りに、こうした女たちが群をなしてるのさ。それぞれ同じぐらい魅力的な女たちが、パーティーがあるたびにやって来て、押し合いへし合いしてるのさ。大半の女たちは、まるで謎めいた遠い過去に送った厳しい貧困生活に対する復讐を計るためでもあるかのように、濫費と贅沢に惹かれている。でも、いちばん邪悪だがいつもいちばん魅惑的な女たちは、その権力が安泰であるためにそれを隠す振りをしている者たちの威光にしか興味を示さないんだ。こうした女たちはすばらしく、そして悪賢いものさ。彼女たちは、もっとも敵意に満ちた岸に船をつけ、難攻不落だと言われる城塞に近寄るすべを心得ている。彼女たちはお前を虜にして依存させ、お前に数々の放棄、そして裏切りをさせ、報酬も特権も、妻も子どもも、誇りも尊厳も、言うまでもなく信念も犠牲にしたまったくの放棄状態にまで行かせるんだ。俺もこの道を歩んだ。悲劇的だが、抗えないのさ。お前は俺のことをよく知っている。俺は自分の性器より先が見えないのさ。若いとき、俺があのおぞましいスザンヌとつきあいさえしたことは、覚えてるだろ。俺には輝かしい将来が待っていたというのにだ。最悪の場合でも、軍隊がなく、親衛隊しか指揮する必要のない、朝から晩まで机の前でじっと待っている大佐にでもなったはずだ」

「俺の悪癖が将来を台なしにしたんだ。だからこそ、神が糞をたれたこの村に今日いるわけさ。ジトゥナが県庁所在地とは！　息ができなくなるまで笑うだけのことがあるな」

「どうしてやつらがジトゥナを選んだのかって？　お前はまたも俺に聞くだろう。首都にいる抜け目ないやつらの計算を説明できると思う。同じぐらいの大きさだが、大昔から心底対立している二つの町の間で、選ばないほうがいいと思ったのさ。俺たちが持つ妥協の伝統は、いつでも損も得も折半することにしているからだ。そこで、彼らはこの対立する二つの町からまったく同じ距離にある場所を探した。それが、俺の生まれ故郷のジトゥナっていうわけさ。。くそったれ！　俺の名前が書類の中で邪魔だったから、俺を知事に任命すればいいということを天才的にひらめいたってわけだ。クーラーのきいた事務所の中で、この地獄ですべての汗をかきつくしている俺を想像して、やつらは今頃笑ってるに違いない」

「俺は上の家も下の家も全部壊すことにして、その代わりに高くてまっすぐで、お前たちの妻の性器よりも白い建物を建てるとしよう。お前たちはそれぞれの階に住み、お前たちの最初の子どもの微笑みよりも高価な家賃を払うことになるだろう」

メサウードの息子は、何も言わずに聞いていた。

「ジトゥナが必然的な結果として一つの市となったために、俺に与えられた権限に従って、お前を市長に任命したことを喜びをもってお前に知らせる。これが条令だ」知事はそう言うと、ポケットから紙を取り出した。「お前の市民にふれ回りに行って、ポケットの中に入れてる判を新しいのに変え、権力の夢を築き始めるがいい。イマームはもはや、お前の息子に自分の娘の性器を拒否することはできないだろうよ。それどころか、村いちばんの有力者と縁を結ぶことを名誉に思うだろう。というのも、当然のことながら、この出来事によって集会《ジェマア》は解散したからだ。お前は尊敬すべき会合のメンバーに、今後はいかなる集会も不法だと伝えるんだ。二つの決定権が共存するわけにはいかないからな」

「でも、住民たちの問題を誰が解決するんだ？」

「お前さ。お前一人が解決するのさ。お前の後ろには法と公権力がついている。それから、俺の適切な忠告もな。最初に金玉に痒みを感じたときに、もう一つの条令で俺はお前をクビにするということを忘れるなよ。だが、もし俺が教えたことをお前がよく覚えているなら、次の選挙のときには、選挙活動をする振りさえする必要もない。どんな投票であれ、絶対にお前の名前を出す魔法の投票箱を、俺は市の管轄地域全体でくばるつもりだ。ジトゥナの市長として下すお前の最初の決断は、管轄区域内でオリーブ関連産業を禁止することだ」

「どういうことだかよくわからん」

「あの圧搾機は、俺の父がその祖父のために人生の大部分を隣人の畑を耕して過ごした額の汗なしには買えなかったものだ。びっこはそれをゆうゆうと相続したんだ。当然俺のものになるはずなのに。あいつを失業させてやるんだ」

「でも、お前の養父じゃないか」

「だからなのさ。俺はあいつが俺にしたことを忘れちゃいない。その上、俺は許すことを知らないのさ。あの淫売の息子に罰や折檻のツケを払わせてやる」

「じゃあ、俺たちは油をどうやって手に入れるんだ?」

「お前たちの幸福の谷のイメージよりも透き通り、もっとも金色の砂丘よりも金色の菜種油をトラックいっぱい積んで持って来させよう。この油は、お前たちのおとぎ話の海の怪物よりも恐ろしい工場で作られ、プラスチックの美しい容器に入ってやって来る。信用してくれ。お前たちは何も失うものはない」

それから、わしらのほうに向かってオマル・エル・マブルークは高らかに宣言した。

「お前たちにいい知らせがある。お前たちは、もうすぐお前たちのもとを去った兄弟や従兄弟たちにまた会えるだろう。俺にはわかっている。それは、お前たちにとって大きな喜びとなるだろう」

わしらのうちの一人として、彼が何を言っているのかわからなかった。だが、それも次の金曜日の昼の礼拝までのことだった。

まず、低いとどろきが聞こえた。周りの山々にぶつかり、大きくなり、この音はすべての方向からやって来る恐ろしいものに聞こえた。それは、アメリカ軍基地を探してドイツの爆撃機が空を行き来していた戦時下をわしらに思い出させた。だから、わしらは空に目をやった。だが、点滅するライトをつけた二台のオートバイが現れたのは横からで、オートバイは芋虫の足よりも多くのタイヤがついた巨大なトラックの列を従えていた。そして、ユーカリの樹林の近くに並んで止まった。運転手と警察官は急いでいるか、あるいは不安げな様子だった。まるで彼らを取り巻く子どもたちを怖がっているかのように見えた。彼らがお互いに密かな合図を送ると、荷台が持ち上がり、すべてが地面に吐き出された。恥じるようにトラックは半回転し、逃げ去った。

哀れな持ち物のかたまりは、好奇心に満ちた目に容赦なくさらされて、地面に落ちていた。ぼろぼろになったマットレス、衣類をシーツに詰め込んだ包み、アルミの台所用具、そこら中に散らばったプラスチック製のさまざまな色をした道具。

それから、二台のバスに乗って追放者たちが現れた。それぞれがもっとも壊れやすい、あるいはもっとも貴重なものを抱きしめていた。ラジオ、コーヒーミル、カメラ、ティーカップ一式、コーランの章が記された額などだ。彼らは、ゆっくりと降りた。その中には、双子のメジアンとアメジアンや、今や白髪交じりになった口の裂けた鍛冶屋の長男や、かつては堂々としていたが今は背中の曲がったモフタールや、モハメドの弟や、六本指の男など、昔わしらのもとを去っていった者たち全員がいた。

彼らは、まるで七つの大罪を犯したかのように、頭を下げ、後悔と恥を表しつつ、わしらのほうへ進んだ。心が締めつけられたわしらは、イマームを先頭に腕を広げて彼らのほうへ進み出た。そして、長い間抱擁が続いた。それから、イマームが言った。

「ようこそ。お前たちは部族の子どもたちだ。ここはお前たちの家《うち》だ」

わしらによって友好的に迎えられたことに、彼らは驚いていた。あまり予想していなかったのだ。すると、わしらは心をえぐるような場面に出会った。女子どもだけでなく、非常にたくましい男たちまで羞恥心を忘れて泣き出したのだ。

「俺たちは、どこへいっても締め出された。どこへ行っても敵意と拒絶にしか出会わなかった」

わしらは彼らに敬意を示すために、大がかりな食事を用意した。村のもっとも貧しい者さえ山羊を一匹屠った。

食事がお茶に入ると、わしらのうちでもっとも雄弁な者が彼らに言った。

「わしらの記憶は、あんたたちが出発するまでのすべての瞬間をはっきりととどめている。そして、わしらの心は、あんたたちの不在によってできた穴を常に感じてきた。わしらは、あんたたちが喜び勇んで去ったわけではないことを知っている。すべてを失った者にどうしてより耐えやすい将来を期待することを禁じられよう？　わしら一人ひとりの運命は、大いなる書に記されている。だが、こんなことを言うことはできなかったが、あそこ、平野の町であんたたちが豊かな生活を見いだしても、ずっと大きな不幸を忍ばなければならないだろうと、わしらは感じていた。自分の故郷《くに》を離れて、幸せに生きることはできないのだ」

涙を拭きながら、彼らのうちでもっともつらい思いをした者たちが、自分たちの経験を語った。

「やつらはあらゆる災いを俺たちのせいにした。やつらは、俺たちが町を蝕むすべての病気の大元だと言ったんだ。ごった返している通り、絶望的に空のままになった店の棚、港での数千もの闇取引、人が溢れた病院や刑務所、いつでも狭すぎる学校、多すぎる乗客の重みにあえぐバス、砂漠の砂の中よりも稀になった水、通りに吐き出される下水、はびこる鼠、気のふれた猫、殺虫剤が効かなくなった蚊。やつらは俺たちのせいで、雨が降らなかったり雨水が歩道を水没させたりすると、太陽が山の向こうでふくれていると、石油の値段が上がらなくなったと、労働者が働くのをやめたと、掃除夫が掃除をやめたと断言した。やつらは俺たちにもっとひどい屈辱を味わわせた。朝と夜に、あるいは夜と朝に、尊大な警察官が俺たちの人数と性別を調べに来た。まるでその間に片方の性別が増えたり、それぞれの数が逆になったりするとでもいうように。子どもたちは学校から、病人は病院から、労働者は工場から追い出された。市役所の記録は、俺たちの新生児と死者には閉ざされていて、行政は俺たちを無視した。俺たちが洗濯するのも、料理をするのも、水を確保するのも、基本的な欲求を満たすのも、妻と寝るのもだんだん禁止され、ついには外に出るのも禁止された。俺たちは、預言者の共同体[21]から締め出されたような気がした。そして、ついに俺たちが罹っている悪がどんなものかが明かされた」

　排斥を受けた別の者たちが続けた。

「俺たちは癩病《らいびょう》に罹っているというのだ。そこで、俺たちは皆を引き連れて風呂へ行き、そこで各自順番に他の者に体を点検させた。念入りに調べたにもかかわらず、いかなる痕も見つからなかった。俺たちの肌は、まったく清潔だった。自分たちの目を信用してはならないと考え、俺たちはもっとも評判の治療師ともっとも経験を積んだ医者の診察を受けた。どちらともいかなる疾患も俺たちに見つけることはなかった。この病を俺たちに告げた人々に俺たちの当惑を打ち明けた。『悩むことはない』彼らは俺たちに言った。『これは特別な癩病なのだ。この癩病は目に見えないだけでなく、従来の方法では見つけることができないのだ』『じゃあ、その診断はどこから来ているんですか？』『われわれの密かな確信からだ。向かいにある建物の壁を見なさい。あの壁はすでに感染している。あなたたちの病は町全体に広がる恐れがある。特に、心が敏感で体が弱い人々が暮らすもっとも日陰の地区でだ』だが、心配する必要はない。われわれは対策を取った。あなたたちに、もっとも認められている予防措置を無料で施してやることにした。健康を取り戻すために、あなたたちは町の空気を捨て、あなたたちが生まれた山の健全な頂上に戻るべきだ。それが唯一の救いの道だ。われわれを信用しなさい。すべて用意してある』そして、今週の金曜日に本物の戦闘のときのように俺たちの意表をつき、すばやく行動し、武器を持った戦闘服の警察官が俺たちの貧民窟を攻撃したのだ。やつらは俺たちを掘っ立て小屋から急いで出させて、また人数を数え、俺たちの持ち物をすでに来て待っていたトラックに積んだ。そして、シャベルを下げたブルドーザーが前進し、俺たちのトタンとベニヤの掘っ立て小屋をまたたく間につぶした。夜明けに、近所の人たちは目の前にまっさらな土地が広がっているのを見た。女たちは喜びの『ユーユー』(22)という叫び声をあげた」

イマームが彼らに言った。

「わしらはアッラーとその使者を信じるが、遠くにいるわしらの支配者たちのたわごとは信じない。彼らは嘘と偽りによって支配し、こうしてわしらをだませると思っている。だが実際は、自分自身をだましているのだ。彼らはわしらにあまりに多くの作り話を聞かせたために、どの方角から日が昇るのか、自分たちの子どもの本当の名前が何なのか、空の色が何色なのか、何時なのか、自分たちでもわからなくなっているのだ。彼らの言うことを信頼するのは、間違っている。ここでは、あんたたちは兄弟のもとにあり、精神の健康を取り戻すだろう。あんたたちが留守の間、わしらはお前たちが残していった土地や財産、そして結婚したあんたたちの娘を注意深く見守った。あんたたちは、ユーカリの木の下で過ごせばよい。そして明日にも廃墟となったあんたたちの家を建て直し、捨て置かれた畑を耕すのを手伝おう」

癩病患者たちの中でもっとも年上の者たちは、わしらの信頼に答え、新しい生活に合わせようとした。だが、若者たちの精神が深く堕落してしまっていることに、わしらは気づいた。彼らは、わしらの習慣や伝統をすべて忘れてしまっており、彼らの行動にわしらは衝撃を受けた。若者たちは、自分たちの家の修復に参加するのを拒んだ。畑仕事となると、なおのことだった。彼らは、それよりもぶらぶらして一日を過ごしたり、恥じる様子も隠す様子もなく奇妙な音のする乱暴な音楽を聴くことを好んだ。わしらは、いつも音楽好きと詩人を警戒してきた。彼らが怠惰だからだ。彼らは仕事を嫌がる一方で、もっとも危険な坂を滑るとなると、いつでも用意ができていた。わしらは、若者たちのこういった好みを断念させ、その代わりにコーランの朗唱を勧めている。しかし、癩病患者の息子たちは、そこに喜びを見いだしているようだった。彼らの態度は本当に破廉恥だった。彼らは、自分たちの父親の前で煙草を吸うか、かみ煙草をかんでいた。その上、厚かましくも父親にお金をせがみ、くだらないことにそれを浪費しに行くのだった。また、咳払いをして来たことを知らせずに、家々の中庭に入った。わしらの娘たちと接触しようと彼らが使う術策は快楽のためだということを、わしらはすぐに理解した。なぜなら、この軽薄な若者たちは結婚したがらなかったからだ。だが、わしらの身持ちの固い娘たちは、どういうことなのかわかっており、彼らを郷愁に送り返した。

「何もかも売っていて、何もかも買える通り、扇情的なポスターの映画、大量の菓子、初恋の思い出よりもやわらかな尻に体を押しつけられる満員のバス、泡が溢れるビールを出すあの冷え冷えしたバー、通りを行き交い、仕事に行き、買い物に出かけ、腰を振って歩き、大声で笑い、春が来ると美しくなり、夏が来ると熱い砂の上で体をむき出しにして、水の抱擁にその苦しい胸を任せに行くあのきれいな娘たちはどこに行ったんだ？　ここでは、腺病やみのオリーブの木と気難しい山羊しか見えない。俺たちはここで何をしたらいいんだ？」

数週間後、彼らのうちの複数が姿を消した。このことについて質問を受けた父親たちは、肩をすくめた。その知ろうともしない無関心がわしらを驚かせた。

「どこへ行ったんだ？　心配じゃないのかね？」

「子どもたちは不幸なのさ」彼らはわしらに答えた。「あまり厳しく彼らを非難してはいけない。移住したとき、俺たちは子どもたちの将来を考えてみたつもりだったが、実際は自分たちの都合を考えていたんだ。俺たちは軽率だった。何が俺たちを待ち受けているのか知らなかった。この子たちは、その高みから彼らを挑む巨大な建物の向かい側の貧民窟で生まれ育った。二つの世界がたった五メートルで隔てられていた。だが、五メートルを越えることができた者は、この子たちの中にいない。子どもながら、彼らは違いを意識したのだ。若者になったときには、この違いは耐えがたいものとなった。俺たちに人が言いに来るよりもはるか前に、この子たちは俺たちの帰還の原因となったこの目に見えない密かな悪に自分たちが冒されていることを知っていた。彼らは、誘惑と満たされない欲望のうちに暮らしていた。夜には、彼らは背中を壁にもたせかけ、慎みなく光に照らされた高い窓を見つめながら夢見ていた。これらの窓には、彼らと同じぐらいの年の少年少女が踊ったり、食べたり、飲んだり、笑ったりしているのが見えた。彼らは、ひそひそ話、打ち明け話、愛撫、密かな口づけなどに気づいた。昼間には、彼らは革のジャンパーや外国製のズボンなど、俺たちには買えないものを夢見ていた。そう、彼らはただ単に他の者たちと同じになりたかっただけなのだ。それが、彼らの治療法だった。そこで、ある者はスーパーに並んで買い、通りで不足している品物を転売するようになった。また、他の者は数千の闇取引が行われる港へ下りていき、密輸品を買って、売っていた。ときには、警察がこうした大道商人を一掃しに、通りへやって来た。そして、彼らは二十四時間か四十八時間留置所で過ごした。釈放されるとすぐに、また同じことを繰り返した。すると、今度は刑務所に連れて行かれ、そこで有益な人間関係を築くのだ。こうして、彼らはますます頻繁に、ますます長い間姿を消すようになったのだ。俺たちは慣れてしまった。そう、この子たちは不幸なのだ。あそこでは排除され、ここでは適応できないでね」

しかし、しばらくすると、彼らは警察官に連れられて、手錠をかけられて戻ってきた。それから、また町に行き、また連れて来られた。それも、怒ったオマル・エル・マブルークがやって来た日までのことだった。

「お前たちは、この小悪党どもを従わせることを学ばなければならない。こいつらの存在が無実の市民を危険にさらすということは、もう説明しただろ。この子たちは未成年なんだから、親の保護の下にある。お前たちには責任があるんだ。逃亡した子どもの父親は、今後重い罰金を支払わなければならない」

そして、立ち去る前につけ加えた。

「もうすぐお前たちを尋ねてくる人々がいる。俺の仕事に協力する人たちが当然価する敬意をもって、迎えてくれよ」

　こうして、それから数日の間、自動車に乗った者たちが短い時間だけやって来た。慎重なこうした人々は、無花果の広場から数百メートルのところに車を止めた。開けられた窓からは、唖然とした顔が見えた。すぐさま車はUターンし、姿を消した。これら偵察者たちがジトゥナに住みに来るという考えに狼狽したのだと、わしらにはわかった。オマル・エル・マブルークは、彼らを説得するために、あらゆる雄弁術を用いた。

「恐れることはない。俺を信用してほしい」オマルは言った。「あらゆることを考えてある」

　そして、彼らのためだけに、特別に楽園の国カナダからアルミの屋根とボール紙の壁でできた屋敷を持って来させると約束した。これらの素材は非常によくできており、金属はわしの末っ子の吐息よりも軽く、パルプはわしらの頭よりも固いのだ。それから、これらの屋敷にはすべて、夏には涼しい空気を、冬には暖かい空気を吐き出す機械が設置してあるとつけ加えた。さらに、偽物の木でできた家具や、格別の好意のしるしとして人を笑わせたり泣かせたりするあの箱が設置されるのは、言うまでもないことだった。オマルは、彼らがこの箱やその他の思慮分別や信仰の基礎を密かに崩壊させるがらくたの頑迷な崇拝者だということを知っていた。

「それぞれの邸宅の前に、諸君のお望みどおりの深さのプールを掘らせよう。一日の終わりには、そのプールに仕事や家族に関する悩みを沈め、子どもたちがはしゃぎ回るのを眺め、夜には優しいヴィーナスが諸君に感謝するだろう。それから、愛好家のために、あらゆるメーカーのウィスキーともっとも珍しいリキュール、年頃になったばかりの生娘の胸のように固めのもの、待ち焦がれた唇の柔らかさのもの、初子の微笑みを見た俺の心のようにとろけているものなど、百種類のチーズを特別な協同組合から税抜きで買えるようにしよう。諸君は農民の近くに住むという不快もない。諸君の家は高い壁に囲まれ、その壁は電気の通った金網で守られるからだ。その上、俺は諸君にとてつもない給料を支払う許可を得ている。諸君はその大部分を貯金するだろう。それから、三カ月ごとに行きたい外国への出張があり、航空券も滞在費も支給される。その流し目だの微笑みだの尻だのが諸君の夜につきまとう張本人を連れて行けばいい。それとも、単に安くて物が溢れる店に買い物しまくりに行けばいい。また、諸君の子どもの教育のために、屋敷と同じく遠い国から来た完璧な施設を備えた学校を建てよう。この学校はあまりにしゃれているため、まるでアニメーションのようで、必要なものはすべて揃い、家具と同時に買わせた女教師がおり、その透き通るような類は近辺の髭男たちを夢見心地にすることだろう」

オマル・エル・マブルークが、聴衆を誘惑するのに成功したのかどうかはわからない。いずれにせよ、数カ月の間は小康状態だった。知事は身をひそめていた。自動車に乗って驚いた顔を見せに来る者たちもいなかった。癩病患者の息子たちは、その郷愁の表現をひそめていた。わしらは、いつも通りの生活と平穏を取り戻したものと思っていた。

モハメドだけが狼狽していた。その最初の市政の勅令を発する決心をするまでに、長い間ぐずぐずしていた。ある朝、モハメドは密かにアリの息子のアリの郵便局に行った。

「お前はフランス人《ルーミー》の言葉を知っている唯一の男だ。だから、俺のために文書を書いてくれ。それから、シディ・ブーネムールの代書人にタイプで打たせに行くつもりだ」

「俺はこの計画に反対だ」

「お前の意見を聞きに来たんじゃない。お前の助けを借りに来たんだ」

「お前たちの策謀に荷担してると思われるじゃないか」

「拒否することはできないぞ。これは行政官として俺が表明する要請だ」

「おやまあ、学ぶのが早いなあ」

前例に従って、モハメドは条令の施行を田園監視員に任せた。親類であるため、ラバフは市長に対して親しげな態度でふるまった。

「お前はへまをやらかそうとしているぞ」

「お前には関係ない」

「だったら、自分で言いに行くんだな。あいつが俺の義理の兄だということはよくわかってるだろ」

「法は万人に共通だ。お前がやらなければならない」

ラバフは、しぶしぶオリーブ油絞り職人のアイッサに仕事をやめるよう知らせに行った。

「この決定が俺の子どもたちと一緒に育ったやつから来ていることは、わかってる。この男は狂犬病に罹った犬だ。そばを通った者は誰でも噛むのさ。モハメドのせいでもお前のせいでもないことは、よくわかってる。だが、両方の肩を持ち続けるわけにはいかない。お前たちは転向者だ。だから、転向者として暮らすことになる」

アイッサは、後ろを向いて機械を眺めた。

「ちょうど次の収穫のための準備をしていたところだ」

そして、長々と首を左右に振った。

「まだ少しだけ、オリーブ油がそこの隅に残っている。いくつか缶を持って行くといい。俺の妹の子どもたちがツケを払うのは、避けたいからな」


ある日、夜明けの礼拝よりずっと早い時間に、わしらはあまりに恐ろしいとどろきに起こされたので、恵み多い天の怒りが炸裂したのかと思った。だが、いったん外に出てみると、わしらのまだ乱れたままのターバンを脅かす雲など一つもないことに気づいた。そこで、この騒ぎからすると、最初のときより十倍の人数にふくれ上がった癩病患者の一団が送られて来たのかと思った。

「彼らは、自分たちの町から失業者や浮浪者や文なしを一掃することに決めたのだろうか？　惨めさや不潔や貧困を見るのに耐えられなくなったのだろうか？　彼ら自身がこうしたことに苦しんでいるというのだろうか？　しかし、誰が大量のごみを回収するのだろうか？　誰が悪臭を放つ詰まった下水を通すのだろうか？　誰が船から商品を降ろすのだろうか？」

だが、わしらは間違っていた。それは、癩病患者たちではなかった。

空の星よりも数多く、怒り狂った雌駱駝の群よりも騒々しく、外国人たちが予告なしにわしらのところにやって来たのだ。ちっぽけな男たちが運転するトラックは、癩病患者のものより十倍大きかった。苦労して坂を登った後で、これらのトラックはその恐ろしい鼻面を順々に突き出した。それぞれの背には、すでにできあがった家が載っていた。場所がなかったので、これらの巨大なトラックは征服した国に居を構えるようにわしらの畑に陣取った。そして、喧噪をひきおこしていることには無関心で、前進し、移動し、クラクションを鳴らした。無花果の広場に集まって、わしらは小人たちの代表がわしらに平和を願い、やって来た理由を説明しに来るのを辛抱強く待った。

だが、それは無駄なことだった。夜明けには、侵入者たちはトラックのもとで朝食を取り始めた。このようなふるまいに唖然としたわしらは、すぐに市長を呼びに行った。

「あの人たちは誰なのかね？　どこから来たのかね？　どうしたいというんだ？」

「まあ、落ち着け」市長は答えた。「まず、俺のカフェに熱いお茶でもいれに行こうじゃないか。俺のおごりだ」

それぞれが熱いお茶のグラスを手にしたとき、最初の告発が飛び出した。

「これは、オマル・エル・マブルークの新たな行動だ。あんたもぐるに違いない」

市長は断固としてこれに否定した。

「つまり、既成事実ってわけだ。どうするつもりだ？」

「考えなきゃならん」

「侵入者にこのようにわしらの畑を占領させておくわけにはいかない。彼らの鉄の怪物がわしらの家畜に引きおこしたパニックを差し引いてもだ。山羊の鳴き声を聞いてみろ」

「知事が必ず俺たちに適当な説明をしにやって来るだろう。それを待たなければ」

「でも、もし来なかったら？」

「あの男は、ジトゥナだけでなく付近の全ての村とこの地域の権威になっている。俺たちはその職権に敬意を払わなければならない」

「俺が思うには、あいつの口髭を俺たちがおがむことはないね。自分の策略を自慢に思ってないだろうし、すぐに俺たちが当然持つ怒りに立ち向かいに来ようとは思ってないだろうよ」

最終的には、わしらは市長の意見に従った。しかし、日は傾き始め、黒い車が来るのを見張りに行かせた子どもたちは一人も戻って来なかった。わしらの存在にはまったく無関心の外国人たちは、トラックの間で働き続けた。

「やつらは去るつもりはないらしい」観察していた者たちが言った。

「それで？」もっともしびれを切らした者たちが言った。質問されたモハメドは、いぶかしげに口を尖らせた。

「田園監視員に彼らとコンタクトをはかるよう言ってみよう」

「制服を着てはいても、ラバフが引っ込み思案だということは、あんたもよく知っているだろう。最初のクラクションで逃げてしまうに違いないよ」

「じゃあ、どうしたらいいんだ？」

「あんたはわしらの代表で村の責任者だ。あんたが話しに行くべきだ」

「でも、俺は彼らの言葉を知らないよ。アリの息子しかフランス人《ルーミー》の学校に行ってないんだから」

ジョルジョーが断言した。

「あいつらは、フランス人の言葉もドイツ人の言葉も話してない。もっと奇妙な外国語を話してるぜ」

「あの外国人たちの言葉がわかる者がここにいるか？」市長が尋ねた。

無駄な質問だった。わしらが自分たちの言葉を盾のようにして暮らしていること、わしらのところに長い間いたフランス人《ルーミー》の言葉すら学ぼうとしなかったこと、彼らのところに長い間暮らしたジョルジョーでさえ学ばなかったこと、それにコーランの言葉を使う寒いところに暮らす人々の言葉[23]すら学ばなかったことを、モハメドはよく知っていたからだ。

「何か提案はないか？」

「ここに来たのはあいつらの方だから、あいつらこそこの故郷《くに》の言葉を使うべきじゃないか」

「そう思うかい？　わしらの言葉は豊かでわかりにくいと評判で、母語とする者でさえよく話せない者も多い。だからこそ、わしらは昔の詩人たちに敬服しているのだ。あの外国人たちは、発音を真似することさえできないだろうよ」

「彼らには生まれつき絶えることのない好奇心が備わっていて、自分たちにぜんぜん関係ないことも含めて、この世界のすべてのことをいち早く研究することを、わしらは知っている。彼らは通訳を連れているに違いない」

これまで黙っていたイマームが、市長のほうへ向かって行った。わしらはすぐに口をつぐんだ。

「お前の先祖は追放者で、わしらが迎え、受け入れたのだった。そして、彼らはすぐにわしらの一員となった。お前たちに自分の娘を与えることをわしらが決してためらわなかったことを、お前は知っているだろう。その証拠に、お前の息子はもうすぐわしの末娘と結婚する。お前の祖先のしたことが、この決定をわしらに後悔させたことはない。今、お前はわしらの市長となったのだから、お前たちの家族にわしらがおいた信頼にもとる行動をしなければならない」

モハメドは、鍛冶屋の次男を隅に連れて行って、低い声で彼と話した。

「あの外国人たちを本当に近くから見たのか？」

「俺はユーカリの木の上にいたんだ」

「やつらは本当にそんなに小さいのか？」

「やつらのトラックのいちばん小さいタイヤがやつらの身長の倍あるのさ。自分で持ってきた家に、あの小人たちは百人住めるだろうよ」

モハメドは胸をそらしてわしらのところに戻ってきた。

「わかった」彼は言った。「やつらに会ってくる。礼拝が済んだらな。公権力の代表である田園監視員が俺と一緒に行く。何が起こるかわからないからな。もしかすると、拘束しなくちゃならないとも限らない」

イマームはさかんに首を縦に振った。そして、わしらは礼拝室へと向かった。礼拝が終わると、行政官は自分の家へ戻り、制服のブルヌースに身を包んだ。それから、床屋に行って堂々とした口髭を整えさせ、曾祖父から受け継いだ古い銃を取りに行った。その後で、時間をかけて騾馬に装具をつけた。こうして、鞍に飛び乗ると、尊敬の眼差しで見ている村民に向かってこのように演説した。

「過去には何度も、逆境に立ち向かう残酷な風がわれわれの上を吹きすさんだ。こうして、われわれは現実の痛みや長い苦悩の夜に出会った。だが、いつも生き延びてきた。今、われわれは再び立ち向かわねばならない。もし俺が戻って来ないなら、俺の息子たちをもっとも寛大な者たちに託そう。そして、われわれの共同体の行く末をもっとも良識ある者に任せよう。そしてあんたたちは、イマームが末娘の手を俺の息子に与えることを承知した証人だということを覚えていてほしい」

こう言うと、高貴な挨拶をした後、前進し始めた。

振り返って、彼は田園監視員につけ加えた。

「距離をおいて俺についてくるがいい。危ないかもしれないからな」

無花果の広場に集まって、皆は使者が戻って来るのを待ち構えていた。武器を失って、鞍をなくした騾馬を引いて、下を向いた彼らがゆっくりと戻って来るのを見たとき、わしらは唖然とした。

わしらは震えだし、アッラーの助力を請い始めた。なぜなら、わしらの父親たちが無駄となった時間の代価を支払わなければならなかったときの過去の話が、皆の記憶にはっきりとあったからだ。歴史は執念深い。それは、ヘルメットをかぶった兵士たちの派遣隊を率いていたカイゼル髭の中尉のようだ。中尉は、馬の上から戦える年頃となった男の数がどれだけいるか調査（彼の目は五人、認めた）することを命じ、同じ数の馬、すべての銃、予備の火薬と弾丸を押収し、部族の戦士の数の割合から計算した税として、穀物、家畜、金、銀の支払いを要求した。

こうして、彼らの穀物の蓄えは激減し、群の家畜はまばらになった。また、幸福の谷の土地は接収され、彼らが不法に占拠しているその半分を放棄しなければならないと知らされた。というのも、降伏が文書で認められて以来、これらの土地は帝国の所有物となったからだ。土地測量技師のアリダード〔平板測量に用いる器具〕が管理区域を確定し、そして穀物か金銀で支払うべき額が計算されるだろう。それから、いかなる移動も禁止されていること、責任は共同で負うこと、地域内で起こるどんなに小さな問題でも共同で罰されることを、支配者は告げた。ポケットから一枚の紙を出し、彼らの知らない離れた場所の行政官《カーイド》に部族の主な頭たちを任命する条令を読み上げた。このように、高貴な者たちの中でももっとも高貴なオマル・ベン・ハッサンや聖なる部族の始祖である家系の長男マブルーク・イブン・トファイルや部族のなかでもっとも強大な氏族《ソフ》の頭であるアフメド・エッリハーニーやその他の者たちが追放されたのだ。また、現地人部隊《グーム》の司令官たちは新たな命令が下るまでの間は監禁措置のもとにあり、兵舎に収容されることになるので、自分のところに来なければならないと士官は言った。

　わしらが聞いたところによると、そのとき、イブン・アブデルマレクが進み出たという。

　赤いブルヌースを風になびかせたこの男は、勇敢な者の中でももっとも勇敢で、抜け目のない者の中でももっとも抜け目がなく、突撃をしかける際にはいつでも先頭に立ち、退去の際には最後まで残った。その三日月刀はあまりに多くの信仰を持たない輩の首を落としたため、伝説によると預言者の無敵の連れ、アリー[24]から受け継いだものだとされていた。

　彼が近づいてくるのを見て、通訳は思わず後ろに下がった。

胸をそらし、イブン・アブデルマレクは士官に言った。

「ここは、われわれの父たち、そして、父のそのまた父たちの国だ。彼らは神の啓示よりも、そしてローマ人が来るよりもずっと前からここに暮らしていた。どこから来ようと、われわれは常に侵入者たちと戦ってきた。しばしば彼らを追い返し、ときには負かされた。勝利したときには、敵の尊厳を奪おうとは決してしなかった。敗北したときには、敵に敬意を払われずに苦しんだことは決してなかった。俺は戦士であり、戦うために生まれてきた。貴下の軍隊は、俺の剣が貴下の百の古銃よりも手ごわいことを知っている。われわれの陣営が壊滅したのは、貴下らの勇気によるのではなく、装塡しなおす必要のないシャスポー銃のおかげだ。栄光は貴下の軍ではなく、発明者にあるのだ。負かされた今、俺は解放を意味する死を受け入れよう。だが、堕落を意味する投獄は受け入れられない。もし貴下が俺を今すぐ撃ち殺すことを拒むなら、俺は三日月刀を抜いて、そちらに突き進み、瞬く間に十ほどの首をはねるだろう」

彼は撃ち殺された。

しかし、時代も、彼らの方法も変わったことをわしらは知っていた。そして、侵入者たちが群青色の倉庫に破壊をもたらす大砲や執拗な戦車や無敵の飛行機をしまっているということも、彼らは予言者によって禁じられているにもかかわらず声や形を再生産し、身を委ねる者たちの知力を崩壊させる機械でわしらの国の町を一杯にすることにこれからは満足するのだということも。

だから、どうして彼らがわしらの使者にこのように恥をかかせたのか、わしらは理解できなかった。

しかも、二人は微笑みながら戻って来たのだ。

付きまとう大勢の子供たちを追い払うと、大人の男たちは、リーダーに続いてモハメドの長男がてきぱきと用意した茣蓙《ござ》に座った。お茶がふるまわれると、わしらの使者は外国人との会見を事細かに話し始めた。

彼らのところに着くと、モハメドは騾馬の上から言った。

「現地人の頭は、外国人の頭と話がしたいのです。あなたがたが頭も法も持たずに野蛮人のように暮らす習慣なのであれば、あなたがたの中で徳義と高貴さにおいてもっとも尊厳のある者を任命してください。それから、その者に顔を隠さずに来るよう伝えてください」

鍛冶屋の次男が聞いた。

「彼らは小人の国から来た？」

「それが、機械から降りると彼らは普通の大きさになるのだ。俺たちの昔話は、こうした現象にこと欠かないのだ」

外国人たちは、実際のところ通訳を連れていたのだが、この通訳は自分が口にしている言葉よりも厳格な本の中で学んだと思われるコーランの言葉しか話さなかった。彼らには、わしらが別の言葉を使っていることが信じられなかった。モハメドは一瞬、鍛冶屋の次男を呼ぼうかと思った。この次男はイマームが知っているコーランの章をすべて頭の中にしまい込んだのち、あの変わり者の小学校教師が村にやって来てきた後、シディ・ブーネムールのフランス人学校にズボンの尻を擦り切らせて、父親の貯金を使い果たしに行ったのだった。ところが、この子は聖なる言葉の使い方よりもパチンコの使い方に秀でていることがわかった。そして、授業をサボって学校のガラスを割るようになった。それから放校になった。

最終的に、わしらの市長は党の支部で行われた長い会議をつうじて、冷たい食べ物ばかり食べる人々[25]の言葉を微妙な表現まで十分学んだと判断した。

つまり、話し合いは骨の折れるもので、誤解と奇妙さに満ちていたのだ。

「われわれは、外国人を好むことを学ぶことはありませんでした。というのも、いつでも不幸は彼らからやって来るからです。ここに何しに来たのですか？」

彼らは、分厚い資料を見せた。

「これです」

「何のことかわかりません。でも、言っておきますが、あなたがたを放っておくことはできませんよ。必要があれば、われわれは寒いところで長いこと働いたこの村の者に来させますよ。この者は、しばらく前からこの村だけでなくここから見える限り遠くまでの地方全体をまとめる頭になりました。この者は体格がよく、権力がありますから、怒らせないよう気を付けたほうがいいですよ」

「われわれも寒い国から来ました」

「何ですって？」

「ええ、六カ月の間厚く積もった白い雪が地面を覆うのです。寒さのせいで耳は凍り、鼻水が出て、頬はひび割れ、目には涙が浮かびます」

「私が言いたいのは、太陽が厳しく照りつけるにもかかわらず寒い、あの場所のことです」

「何のことだかわかりません」

「さまざまな町の中でもっとも重要な町のもっとも高い場所にあり、もっとも高い建物の最上階にある聖域のことを話さなければならないのでしょうか。そこには、少しでも眉をしかめれば国中に地震を引き起こすことができるほどの権力を持つ人々がいて、彼らの恐ろしさは日の光さえその澄み切った頬を陰らせるのではないかと恐れて怖じ気づくのです。まるで、彼らの顔色は権力の死体のように青いのです。オマル・エル・マブルークはこのような人々の一人です」

「まさにその彼とわれわれはこの契約を結んだのですよ」

「彼と？」

「その通り。袖の下はすでに全部支払ったのだから、すぐに仕事に取りかかれることを祈りますよ」

「あなたがたのトラックはわれわれの畑を占領し、われわれの家畜を怖がらせ、われわれのユーカリの木にとまる鳥たちの睡眠を妨げ、建てたばかりの癩病患者たちのあばら屋を揺さぶりました」

「われわれがトラックの荷を降ろすことができるように、人も家畜も場所を作らなければなりません。でも、病人が近くにいることは、われわれには心配なのです。契約にはそのことは書かれていませんでした」

お茶を一口飲んでから、モハメドは彼らに次のように言ったと主張した。

「恐れることはありません。われわれは自分たちの不幸を自分たちのうちにとどめ、自分たちのもっとも深い傷を秘密にしておくことを心得ています。そもそもこの哀れな者たちは、首都で軽率にも信頼されている外国の写真家たちが向ける好奇心による錯視が原因で引き起こされる病に罹っているだけなのです。彼らは、自らの尊厳を失ったことに苦しんでいるだけで、無分別の終わりとともに治るはずです」

「念のため、われわれは労働者たち全員にワクチンを受けさせましょう。この予想外の出費を考慮に入れるために、契約を変更せねばなりますまい」

このような答えに憤慨したわしらの代表は、説明した。これらの尊厳を失った者たちは、いかなる検査にもかかわらず見つけることのできなかったものの、彼らが蝕まれているとされる傷を癒しにわしらの大木の寛大な陰の下に身を隠しにやって来たのであって、わしらは彼らを受け入れるのを拒否することも、隣人愛から哀れみをかけずにいることもできないのだと。それから、彼らがわしらのところにやって来たとき、念のため、殺菌効果があることで知られているユーカリの葉を長い間漬けておいた風呂に入ったことも。そして、わしらの代表は、培ってきた知恵によってわしらが追放牛活の厳しさを知っているということもつけ加えた。

「部族は、息子たちが去っていくのをいつでも悲しみをもって見送ってきました。信仰を持たない輩による抑圧のもとに生きるのを拒んでイスラームの地に移住した者たち、ダリアとナイチンゲールの谷を再び見いだすことができると信じて勝ち誇って山々から下りていった者たち、空腹に耐えかねて海を渡ったり、大きな川や鉄道の向こうに広がる平野の町へ行ったりした者たちがいました。そして、財をなして傲慢になっても、運に見放されて苦々しくなっても、彼らが戻って来ることをわれわれは常に望んできたのです」

少し間を置いた後で、彼は続けた。

「あなたがたは、われわれが寛大に目をつぶったことから学んで、彼らの想像上の傷を忘れるべきです。この村の息子が保障したのですから、もしあなたがたがわれわれの信用に答えるのでしたら、われわれはあなたがたを兄弟のように迎えましょう。あなたがたの習慣に従って、孤立した群となって生活することはお勧めしません。それから、市長としてお知らせしますが、あなたがたがどうやらいつもしてきているように、この地域の猫や野良犬を食べることは禁止されています。われわれは、このような野蛮な習慣を認めるわけにはいきません」

これらが、わしらの仲介者が言ったとしていることがらだ。田園監視員が何度も訂正しようとしたにもかかわらず、こうした言葉の雄弁と高貴さがわしらを喜ばせた。わしらの苛立った手振りによって、田園監視員は話の美的な調和が厳密な現実をいくばくか歪曲しても構わないこと、お人好しではないにしても、わしらは味気ないむき出しの現実よりも想像の白粉《おしろい》と装飾を好んでいるということを理解した。

そして、ついにわしらの頭の中にあった質問が口に出された。

「どうして、彼らはあんたの銃と鞍を取ったのかね？」

わしらのカフェ経営者は、にんまりと微笑んだ。

「あんたたちを怖がらせたことはわかってる」

するとモハメドは話の間ずっと、外国人の頭がひざに置いていた銃から目を離さなかったと言った。

そこで、わしらの英雄は相手を安心させなければならないと感じた。

「恐れることはありません。われわれはあなたがたを銃殺することも、あなたがたの美しい金髪の頭を切り落とすつもりもありません。われわれの祖先が敗北したせいで、われわれは時代遅れの好戦的な態度を郷愁の棚にしまっておいたまでのことです。われわれの国は、主権を取り戻したことによって、世界に開かれる必要があるのだと思いました。そして、なにより利潤を誇りよりも重要視する、あなたがたのように青白い人々と商売をすることを受け入れました。こうして、傲慢な知識と労働者の汗によって作られたクロムめっきの不吉な機械とわれわれの小麦を交換しているのです。われわれは、これまでも自分たちの効率性を示さなければならなかったし、自分たちの弱さを残念に思っています。あなたがたがわれわれの世界を廃退させるためにこの歓待を利用するかもしれないという苦々しい意識を持った上で、われわれはあなたがたを迎えるのです。われわれの古くさい価値からあなたがたは利潤を引き出し、われわれの心配りをばかにしつつ、あなたがたはドルを手に入れるのです。けれども、今情け容赦なく勝ち誇っているあなたがたは、自らの魂を見いだすために、われわれの武器を奪ったこの寛大な人類の道を後戻りしなければならないのです。敗北と断念によって、われわれはあなたがたの快適な生活よりも高貴に生きる助けとなる道徳を築いたのです」

だが、外国人の貪欲な視線は、モハメドが遺産として受け継いだ銃の彫刻を施され、螺鈿《らでん》のはめ込まれた銃床から離れなかった。

「やつが俺の演説の美しさに関心を示さなかったので、さんざん交渉したあげく、彼らがやって来た国と同じぐらい遠い国から届く声さえ受信することができる性能のいいラジオと銃を交換したのさ。それから、銀の刺繍の入った皮の鞍は、六カ月以内に送られてくることになっている最新式の濾過式コーヒーメーカーと交換したのさ。儲けものだろ？」

オマル・エル・マブルークは、最初の石を置く上棟式の際に、あまりに位が高いために足が地面に届かない人物を招待した。そこで、この人物が足を踏み出すのを承知するのに十分厚い絨毯を敷かなければならなかった。この訪問に先立つ日には、知事が毎朝早くやって来て、発情期の雄山羊よりもいらいらして休みなく動き回るのが見られた。知事はあまりに深刻で、あまりに重要な人たちを連れて来ていたので、わしらは彼らが空の重さを支えなければならないのかと思った。彼らの厳しい、懐疑的な様子を前に、オマル・エル・マブルークは約束し、保障し、安心させていた。

わしらは、無花果の広場のこの喧噪にはまったくかかわらずに見ていたが、それは年寄りの弁護士を移動させるという話が持ち上がるまでのことだった。すべて勝ち目がない訴訟のこの無遠慮な弁護人は、わしらの地方に二度にわたって追放された。

最初はずいぶん前のことで（それはあの戦争〔アリジェリア独立戦争〕の混乱した時代のことだった）、わしらのところに暮らしにやって来ていた特別行政区域の士官に引き渡されるべく、警察の車に乗って来たのだった。おどおどした物腰で、自分の体が邪魔であるかのようであり、足下が不確かなために子どもが突き飛ばしただけで倒れてしまいそうな弱々しく小柄なこの男を、わしらに対しては横柄で傲慢な中尉が怖れの混じった尊敬を示して扱うのを見て、わしらは驚いた。このか弱い町の人間がここに何をしに来たのだろうかと、わしらは長い間思っていた。慎重なわしらは、この人物のすべての行動についてうわさしつつ、遠くから見ていた。弁護士は士官によって徴用された館に一緒に住み、食事を共にしていた。この男が、わしらが生活しているのを見に数週間やって来る、あの半分気違いで半分学者のあの奇妙なフランス人《ルーミー》たちの一人なのだと考えることも容易にできた。だが、この男は悪人の中尉か、そのばか者の残忍な笑いが通り道から人をのかせるハルキ〔独立戦争のさいフランスに協力したアルジェリア人を指す〕のタマネギ頭なしには、一歩も進むことができないのだった。彼は、毎朝モハメドのカフェにお茶を飲みに来た。お茶をゆっくり飲みながら、この男は無言で遠慮深く隅に座り、頭の禿げたやかましい連れを無視していた。ときには、彼が士官と長い間散歩するのが見られた。イードの朝、礼拝のときにこの男が一人でやって来て、わしらと列を共にするのを見て、わしらは驚いた。儀式の後で、イマームは食事をわしらと一緒に取るよう彼を招待した。彼は喜んで招待を受けた。クスクスの後、お茶を飲みながら、皆が黙っていた。礼儀から、客に質問することは許されなかった。しかし、客のほうは、わしらの注意深い視線が好奇心に輝いていることに気づいていた。

「あなたがたは、私がなぜこの村にいるのかと疑問に思ってらっしゃることでしょう。それは、植民地当局が私の居住地をここに指定したからなのです」

わしらにこの言葉の意味が理解できなかったので、弁護士は自分が半ば囚人なのだと説明した。わしらは、呆気にとられてこの男を見つめた。あの陽気なばか者が監視ではなく、護衛のためにつけられているのだとばかり思っていたのだ。

「あまりに強くなったがために神さえ恐れなくなったフランス人《ルーミー》が、あんたを怖がっているというのかね？」

この男が話し出したとき、わしらの言葉を完璧に話せることに、わしらは驚かされた。だが、わしらは特に、このひ弱な体を駆り立てている情熱、そしてこの人物の揺るぎない信念とその確固とした言葉の危険性を発見した。そして、すぐに曲芸師の予言を思い出した。

いつもなら、若者たちは議論にほとんど関心を示さず、最後の一口を飲み込むやいなやその場を立ち去るのだった。だが、この日は若者たちでさえその場に残った。

「どうして、今までずっとわれわれのところに来なかったのですか？」若者の一人が尋ねた。

「許可が下りなかったのだよ。今日は、イードを理由に特別な許可をもらうことができたのだ」

それから、追放されたこの弁護士は、わしらの聖者が祀られている霊廟を訪れたいと申し出た。そして、そこに図書室を発見して喜んだ。そこで、その書籍を読ませてもらえないかと尋ねた。

「こうした世俗的な空論と知識欲を満たす本は禁じられておる。それを読むことはできない」イマームが答えた。

すると、客は将来の希望とともに過去の記憶を呼び起こすべきときが来たのだと言った。まったく説得されなかったとはいえ、イマームは鍵を渡した。弁護士は、特別行政区域の責任者に一日に二時間この建物で過ごす許可を得た。何人かの若者たちが密かに弁護士に会いに行き、読書は間もなく政治的演説に取って代わられた。こうしたことは、わしらの気に入らなかったが、誰もあえてそれに介入しようとはしなかった。

混乱した文書の埃をむさぼるように吸い込みながら、若者たちは弁護士を質問攻めにした。

「ヨモギとキジバトの谷へわれわれがいつかまた帰れると思いますか？」

疲れを知らず、この小男は説明し、詳細にわたって述べ、描き出し、手ほどきし、発展させ、繰り返し、最初からまた始めた。こうした討論の後で、聴衆の若者たちは心が晴れ晴れとした様子でわしらのところへ戻って来た。

オマル・エル・マブルークはこうした者の一人だった。

数週間後、彼らのうちのほとんどが夜の闇に姿を消した。このことを知った士官は怒り狂った。それから、弁護士はわしらに近づく権利も、挨拶する権利も失った。

そう、わしはこれからオマル・エル・マブルークがすっかり忘れた様子の妹であるウリダに何が起こったのか、お前に話そう。これらの出来事の思い出は、今でもわしに激しい痛みを呼び起こすということを、白状せねばなるまい。

　若者たちのグループが抵抗運動に加わるために去った後、タマネギ頭が笑い声を上げながら無花果の広場に現れるのを、わしらは見た。この男は、銃を持った二人の部下を連れていた。中尉に新たに任せられた任務に、タマネギ頭はたいそうご満悦だった。そして、部下たちに捜査の対象となった者たちを狩り出し、銃を腰に突きつけて広場に連れてくるよう、大喜びで命令した。彼らは間もなく、わしらがいる広場のそばに集められた。その中には、夜の男たちに合流した者の父親や兄弟がいるのが見られた。長々と彼らを眺めた後で、タマネギ頭はにやにや笑いの合間に言った。

「二人足りない」

　そして、わしらのほうに向き直った。

「お前とお前」無礼にもその場に居合わせた者の二人を人差し指で示して、言った。「立て。仲間の隣に並ぶんだ」

　これらの者たちは、特別行政区域の支部に二人のハルキによって連れて行かれた。しかし、下士官は動かずに、わしらをあざ笑っていた。その喜びの表現は、突き出た腹を揺さぶっていた。

「もう一人連れて行かなきゃいけないやつがいる」タマネギ頭は甘い声で言った。

　そして、わしらに背を向けると、路地に消えた。しばらくして戻って来ると、彼は大暴れのウリダの腕を引いていた。その一方で、アイッサの妻がこのばか者に非難の言葉とこぶしを浴びせていたが、それは何の効果もなかった。皆は憤慨して立ち上がり、この痴漢を取り巻いた。

「この娘に手を出すな、畜生め！」

ウリダの手首を放さずに、タマネギ頭はケースからピストルを引き抜いた。

「静かにしてろ。俺は中尉の命令に従ってるだけだ」

ピストルの銃口は、前に進み続けている者たちを順繰りに脅した。

「今度は女にも手を出そうっていうのか？　どこまで卑劣なまねをすれば済むんだ？」

「心配することはない。中尉はこの娘に兄についていくつか質問があるだけだ」

皆にしっかりと取り巻かれたタマネギ頭は、慌て始めた。振りかざしたピストルには、誰も怯えていなかった。

「この娘を放して、お前の主人のところに戻るがいい。そのほうがお前のためだ」

「無茶なことを言うな。中尉の命令に背こうとしたら、後悔するぞ。わかってるだろ」

ウリダは締めつけられていた手首を突然ねじって、放させた。

「汚い手で私に触れるのはやめて」ウリダは軽蔑をこめてタマネギ頭に言った。

そして、裏切り者から遠ざかると、わしらに向かって言った。

「あのフランス人《ルーミー》に会いに行くことにするわ。怖くなんかない」

この瞬間、アイッサの妻が姿を消すと、走って戻って来て、ウリダにヴェールを渡した。

「ほら、ヴェールをかぶりなさい」

だが、娘は尊大な様子で差し出されたヴェールを突き返した。

「あの中尉は、預言者の共同体の一員じゃないわ。だから、男じゃないってことよ。あいつの目から自分の体を隠す必要はないわ」

こうして、ヴェールをかぶらず、ウリダは太陽の下を進んでいった。その光よりも尊大に、その輝きよりもまばゆく。


特別行政区域の支部で起こったことの詳細を、わしらが知ることはなかった。逮捕された者たちは、長い間尋問を受け、ときには拷問を受けたが、一人ひとり無言で戻って来て、それまでの生活を取り戻した。彼らは皆、逮捕の後に起こったことを話すのを嫌がった。だが、わしらはずっとウリダが帰ってくるのを待っていた。釈放されるとすぐに、ウリダのことを心配したびっこのアイッサは、何度も士官に面会を求めた。だが、それが受け入れられることはなかった。館の入口を見張る番兵は、アイッサがやって来るたびに乱暴に追い返すのだった。こうして、彼は養女の姿を垣間見ることすらできなかった。

二カ月後、ジョルジョーが特別行政区域に出頭を命じられた。タマネギ頭が、食料と靴をゲリラに提供していると告発したのだ。懐疑的だった中尉は、それでも一応食料品店主の話を聞くことにした。ジョルジョーは言った。

「わしがあんたがたのためにドイツ人と戦いに行ったことはご存じだろう。わしは人生の二年間を塹壕に隠れて、あんたがたの敵を待ち伏せして過ごした。やっと休戦協定が結ばれたとき、わしは名前さえ知らない町に見捨てられた。生き延びるために、幸福の谷へのわしらの郷愁よりも重いセメントを運ばなければならなかった。わしは、そこで自分の名前をなくした。ジョルジョーというのは、わしに手押し車を任せたやつの苗字だからだ。それから、記憶もなくした。記憶の根っこだけが、亡命者の生活を樹液で潤すことができるというのに。わしの若い頃の記憶はぼやけ、両親の顔も友人の顔もかすんでいった。こうしたものを生き生きとよみがえらせたいがために、わしは日雇いで稼いだ給料の半分を毎晩緑色の飲み物を飲みに行くのに使った。あそこで生活するうちに、わしは太陽を拝まずに一年の大部分を過ごし、お茶を飲まず、雨の中を歩き、自分の金を数え、口臭が強くなる脂ぎった豚肉を食べることに慣れた。わしはターバンを捨て、寒さで耳は凍り、鼻水が垂れ、目から涙が出るにもかかわらず何もかぶらずに外を歩いた。そして、仕事のなかったある日、腹を空かせ、うんざりし、船に乗ったのだ。ところがだ。二十年以上経っていたというのに、太陽と子どもの頃の友人たちがわしを待っていた。彼らは、まるでわしが昨日旅立ったかのように迎えてくれた。村では、わしはすぐに同郷の者たちと暮らす平穏を見いだした。わしはドイツ人に対するあんたがたの最後の戦争には参加しなかった。だが、あんたがたの父親たちのうちのもっとも勇敢な者たちが、占領者に対して戦ったと聞いた。わしらの若者たちは、同じ道を歩んだに過ぎない。わしは、夜の男たちに食料も靴も提供していない。頼まれたことがないからだ。もし頼まれていたら、提供しただろうと思う」

ジョルジョーは一時間後に釈放された。だが、無花果の広場にやって来たとき、その顔があまりに蒼白だったため、わしらの大部分が身を起こした。

「あいつらはあんたに何をしたんだ？」

食料品店主は、無言で首を振り、手を伸ばして無花果の木の低い枝にかけてあった壺を取った。そして、ごくごくと飲むと、口を拭い、わしらと一緒に座った。

「わしには何もしなかった」やっとジョルジョーは答えた。「中尉は、いくつか質問をしただけだ」

「だが、アズラーイール〔ユダヤ教とイスラームの死の天使〕に出くわしたとでもいうような顔をしてるぞ」

ジョルジョーは、ゆっくりと深く息をついた。それから、白状した。

「スリマンの娘を見たんだよ」

そして、わしらに語ったところによると、食料品店主は廊下の曲がり角でウリダにぶつかったのだという。ウリダは雑巾を手にひざまづき、大きなブーツが絶え間なく泥で汚していく床板を繰り返し掃除していたのだ。

「ウリダはわしをずっと見つめていた」ジョルジョーは続けた。「哀願するような目で。それから仕事に戻った。何も言わないでくれとわしに懇願していたのか、それとも逆に、自分の苦しみを皆に伝えてほしいと懇願していたのか。わしは顔を伏せてそこから出て来た」

翌日、誰もアイッサが姿を消したことに気づかなかった。二日後、普段よりももっと寡黙になって、不規則な足取りで戻って来ると、びっこは圧搾小屋の奥に引きこもった。わしらのうちの誰も何も聞こうとしなかった。最終的に、日没の礼拝の後でイマームが尋ねることにした。

「あいつに会うことができたのかね？　今でも生きてるのか？」

アイッサはゆっくりと首を振った。

「途中でベニ・ハジャールに捕まっちまった。やつらは、俺が村まで行くのを邪魔したんだ」

「それから？」

「俺がしつこく言ったから、あいつには知らせると約束してくれた」

「じゃあ、うわさは本当なんだな？　年寄りのハッサンはまだ生きてるんだな？」

この激動の時期には、夜の静けさはしばしば銃声によってかき乱された。しかし、この夜の銃声は、いつになく近かった。朝になってわしらが外に出たとき（夜間外出禁止令の終わりに合わせるために、イマームが密かに夜明けの礼拝の時間を遅らせていた）、わしらは当惑し、不安そうな視線をお互いにさまよわせていた。

それから間もなく、中尉がイマームに会いに来た。一人で歩いて来た上に、その顔は珍しく愛想がよかった。

「タマネギ頭が死んだんです」中尉はイマームに言った。「あなたがたの墓地に埋葬してやることはできますか？」

「この男は兄弟を裏切ったが、神を裏切ってはいない。だから、この男にはムスリムとしての居場所がある」

「不在者のための祈りを捧げてもらえますか？」

「アッラーのみがこの男の行為を裁き、許したり罰したりすることができる」

満足した中尉は、そのままイマームの隣に座っていた。

「この一帯に、不死身になった山賊についての奇妙なうわさが流れているのを知っています。信仰と理性の番人であるあなたは、この話を信じますか？」

「わしは神とその使者を信じている」

「あなたがたのうちの誰かが本当にこの山賊に会った可能性は？」

「どこで会ったというのだ？　あなたたちがここに来てからというもの、われわれは許可なしに村を離れることができなくなったのだぞ。われわれの持つもっとも遠い畑のオリーブを収穫しに行くことすら許されていない。それなのに、どこでその男に会えるというのかね？」

中尉は十名ほどの援軍を要求し、それは受け入れられた。それからしばらくの間、軍は付近の山々をしらみつぶしに捜索しようと苦闘した。ベニ・ハジャールの村は、厳しく監視された。最終的に、赤毛の部族はシディ・ブーネムールの近くの収容所に引っ越しを命じられ、あばら屋は間もなく取り壊された。

士官の執拗さにもかかわらず、結果は得られなかった。捜索中の男は、捕まらなかった。

ところで、この夜起こったことについては、何年も後に小さい弁護士がわしらのところに戻って来た後でやっと知ることができたのだった。弁護士は、わしらにこれらの出来事をしぶしぶ話したのだ。

番兵を殴って気絶させた後、ハッサン・エル・マブルークは館の中に入った。そして、廊下で眠っていたタマネギ頭にぶつかった。開いた途端に、この下士官の目は飛び出した。首の骨を折られ、下士官はマットレスに再び倒れ込んだ。次に、ハッサン・エル・マブルークは小さい弁護士の部屋に行き着いた。弁護士ははっと目を覚まし、起き上がろうとしたが、大男の手のひらによって枕に押し戻された。大男のほうは、二階に上がるために部屋を出て行った。そして、銃を突き出し最初の部屋に入った。

その後で、ハッサン・エル・マブルークは銃と顔を伏せて部屋を出ると、動員されたハルキの銃弾に襲われて、夜の闇の中に姿を消したのだという。

もしお前にわしの言葉がわかったらなら、ハッサン・エル・マブルークが部屋の中で何を見たのかわしに尋ねるに違いない。小さい弁護士は、わしらの好奇心を満足させる前に、長い間ためらった。そして、婉曲な表現を使いながら、遠回しに言った。

そう、明かりをつけた部屋の中で中尉はドアへ向かったが、銃身に突き当たった。すると、全裸のウリダがベッドから自分の体で遮るために、髪を乱して腕を広げながら走り出たのだった。

「お願い」ウリダは叫んだ。「この人を殺さないで」

そう、これがハッサン・エル・マブルークの孫娘、誇り高いウリダの悲しい話なのだ。

だが、当時わしらはこうしたことを何も知らなかった。ある日、小さい弁護士がわしらにウリダが死んだことを知らせた。わしらは何も質問しなかった。そして、金髪のウリダは父親のスリマンの横に埋葬された。

時間はゆっくりと過ぎて行き、それから急に足を速めたかのようだった。途方もないうわさが流れ出した。特別行政区域の支部では、いろいろな騒ぎが起こった。何人かのハルキが脱走したが、中尉はそのことを心配していなかった。それから、小さい弁護士がわしらのところにやって来るのを、わしらは見た。

「またわしらに会いに来る許可を得たのかね?」

「いや、お別れの挨拶を言いに来たのだ」

「別の場所に追放されたのか？」

「違う。私は自由の身になったのだ」

「どういうことだ？」

「われわれは勝ったのだ」

「勝った？」

「ああ、われわれの国は独立した。フランス人は出て行く」

「フランス人《ルーミー》が負けただって？　やつらの賢さと道具、そして自分たちの大義のために結集させたあれほどの裏切り者がいたにもかかわらず？　夜の男たちには彼らと対峙するのに何を持っていたのか？　どうやってやったんだ？」

「あなたがたは、私に曲芸師の話をしたではないか。この人物が言ったことを思い出してください。勝利はしばしばもっとも強い者ではなく、もっとも決意の固い者に輝くものだ」

「あの年寄りのユダヤ人は、自分で自分が言ったことの信用を失わせていたのだ。じゃあ、あいつは正しかったのか？　わしらが生きているうちに実現するとは思わなかった。フランス人《ルーミー》はわしらのところに何世紀もの間居座るつもりで、時間が経つにつれて彼らの存在は動かしがたくなるように思われたのだが。それで、彼らはいなくなるのかね？」

「いなくなる」

「もう税金を払う必要もなくなるのかね？」

「もう不正を忍ぶ必要はなくなる」

「じゃあ、誰がこの国を治めるのかね？」

「人々が選んだ人たちだ」

「こいつやわしのような者かね？　鍛冶屋のジェルールやびっこのアイッサや外国帰りのジョルジョーのような者かね？　彼らにそれができるのかね？　どうも心配に思えるのだが」

　数週間後、密かにわしらのところから立ち去り、夜の闇の中に姿を消した者たちの一部が軍服姿で武器を携えて戻って来るのが見られた。彼らは成熟しており、それがわしらを感嘆させた。

「他の者たちはどうしたんだ？」わしらは聞いた。

「死んだか消えたかした。彼らは殉国の志士だ」

　オマル・エル・マブルークがいないのを見て、恥ずべき安堵を感じた者がいたと思う。

「フランス人《ルーミー》は敗北した」彼らは言った。「やつらはみんな元いた国へ帰っていくだろう。俺たちは、ついにローズマリーと泉が歌う谷に戻れる。出発の準備をしなくては」

　だが、わしらのうちのもっとも思慮深い者たちが彼らに説明した。わしらは自分たちを迎えてくれ、生き延びさせてくれたこの貧しい場所を離れたくないこと、石ころだらけの斜面や貧弱なオリーブの木やわしらを守るユーカリの木にしまいには愛着を持つようになったこと、節約と努力の中で生活することを学んだこと、豊かさと安易な生活によってわしらの美徳が消えるのを怖れているということを。

「行きたい者は行けばいい。成功を祈っている。マルビウムと豊かな草が茂る谷の所有権を証明する書類をすべて渡そう。わしらは彼らにすすんで自分たちのすべての権利を引き渡すつもりだ」

彼らは、いくつかの家族を説得できた。植民者たちが捨てていった二輪車に荷物を積み、別れのときに、彼らはわしらのほうに進み出た。

「近いうちに」彼らはわしらに言った。「俺たちの後に続くがいい。主権を取り戻したからには、誰もオレガノの谷の所有権と優しさに満ちた夕べに異議を唱えることはできない。落ち着いたらすぐに、あんたたちを来させよう。そして、われわれの部族は再び幸福の谷に集まるのだ」

それは、歓喜に満ちた帰還だった。彼らが通る村という村が、祭りの最中だった。誰もが彼らを不審がることなく迎えた。途中で彼らは他の移住者たちに出会った。彼らも他の谷へと向かっているのだった。休憩のたびに、彼らは大きな火を囲んで夜遅くまで夢を語り合うことに喜びを見いだした。

そして、ある晴れやかな朝、彼らは足下に先祖たちと郷愁の谷の緩やかな曲線を発見した。しかし、驚いたことに、そこには葡萄畑のまっすぐな線しかなかった。

「小麦の海、アーモンドの木々、西洋夾竹桃《せいようきようちくとう》、優美な樅《もみ》の木、奔放で巨大なトネリコ、実り豊かな柘榴の木々、野兎や猪がごまんといる丘の雑木林はどこにいったのだ？　どうしたというのだ？　俺たちの親たちは嘘をついたのだろうか？」

見渡す限り、列をなした陰気な葡萄の幹しか見えなかった。

泉は涸れ、井戸は埋められ、小川は酒造所と蒸留所の赤い廃棄物を押し流すのみだった。

「草だって生えないようだ。俺たちの谷にやつらは何をしたんだ？」

葡萄畑の灌漑を禁じた悪質な法律と、そのために植民者が泉と井戸を見放したことを、彼らは知らなかった。それに、ごつごつした葡萄の木には、草がないことも、周りに陰がないことも問題ではないこと、そして葡萄が植えられた場所では草原が失われ、木々が切られたことも知らなかった。

もっとも熱心な者たちは、すぐに言った。

「それでもかまわない。仕事は俺たちの気力を奪うものではない。自分たちの手でこの冒涜の植物を引き抜いて、大麦と小麦の種を蒔いて、アーモンドの木とジャスミンを植えよう」

彼らは仕事に取りかかった。しかし、三日目に憲兵がやって来て、彼らを裁判所で告訴するために連れて行った。

「あなたがたは公共財産を破壊したかどで起訴された。引き抜かれた葡萄の木一本一本について罰金を支払わなければならない」

「でも、あそこは私たちの土地です！」

彼らは土地の権利書を提出した。だが、鼻で笑われた。

「あなたがたの古い羊皮紙は読解不能だ」

「これらは私たちの父親のそのまた父親から受け継がれたものです」

「これらの文書はいかなる権利も保障しない。あらゆる権利書は、公証人によって作成され、土地台帳に記載されていなければ無効だ。あなたがたが所有しているという土地は接収され、譲渡されたか売られたかした上に、何度も買い上げられている。最後の所有主から見捨てられたが、今では国家の所有地として接収されている」

「でも私たちの部族が侵入者と戦うために立ち上がったからこそ、これらの土地は略奪されたのです。私たちが自分の財産を取り戻すのは、当たり前ではないですか」

「あなたがたの言い分はよくわかる」裁判官が答えた。「だが、あなたがたの申請は法的に受理できない」

特別な計らいによって、彼らには国営化された農園で農業労働者として働くことが提案された。しかし、曲がりくねった幹に重い房をつけさせる術も、果肉のつまった粒から知性と節度を失わせる赤や白の酒を作る術も知らないし、知りたくもないと彼らは答えた。そして、自分たちのもっとも古い記憶によると、彼らのうちの誰一人としてこの新しい賃金労働を受け入れた者はおらず、それは自主性を奪う条件の下で得られる給料がもたらす安泰よりも、自由な努力がもたらす期待外れの結果のほうがよいからだとつけ加えた。

彼らは長い間どうするべきか議論した。

「このままジトゥナに帰ることはできない。それは恥だ」

「でも、誰と交渉すればいいんだ？　今の裁判官は植民地の裁判官にそっくりで、同じ言葉を使って話すじゃないか」

こうして、代表の者たちが首都へ行って、この件をあの小さい弁護士に話すべきだという結論に至った。

「町は大きい。どこに弁護士が見つかるだろうか？」

「すでに偉くなったという話だ。町の住民は皆あの男を知っているだろう」

建物の入口の警備にあたっている警察官は、理解できない方言を話し、ボロを身にまとい、頭がぼさぼさのこれらの男たちをどうしたらよいかわからなかった。そして、衛兵に引き渡した。この衛兵は彼らの言葉を知っていた。

「俺も故郷《くに》の出身だ」彼は親切に言った。「何をしに来たのかね？」

「小さい弁護士に会いに来た」

「面会の約束は？」

代表の者たちは肩をそびやかした。

衛兵は十分ほどその場を離れ、秘書を連れて戻って来ると、彼らをこの秘書に任せた。秘書は彼らを部屋に隠した。彼らはそこでおとなしく椅子に座って、無言のまま、微動だにせず、ドアが開くまで待った。

「ここで何をしているんですか？」新しく来た人物が尋ねた。

彼らは、ここに来た理由を説明した。

「いつからここにいるんですか？」

「今朝からです」

「でも、もう夜で誰もいませんよ。事務所はもう閉まりました。私は警備員です」

この男は、しばらく頭を掻いていた。

「あなたがたに外に出てもらわなければなりません」

「われわれはどこへ行けばいいんですか？」

警備員は、その目に徐々に同情の色を表しつつ、頭皮をいじり続けた。

「大臣はもう帰りました。このすぐ近くに住んでいます。知らせたのが私だということを言わないという条件で、その場所がどこか教えてあげますよ」

小さい男の子がドアを開けた。間もなくかつての追放者がやって来て、本能的に手を男の子の肩に置いた。それは、親としての保護者の身振りだった。

「何ですか？」

弁護士は彼らのことを覚えていなかった。四人の男は、かつてジトゥナにある聖者の霊廟で彼の話をもっとも注意深く聞いていた者たちの中に、自分たちがいたことを思い出させた。彼らがその日受けた仕打ちを聞いて、弁護士は繰り返し謝った。

「われわれの周りにいるこうした人たちは、われわれの手助けをすることになっている。だが、本当はわれわれが彼らの人質なのだ。われわれが誰に会って、誰に会わないかを決めるのは、彼らだからね。彼らに言わせると、われわれはいつも非常に忙しい日程で働いていて、重要な問題をたくさん解決しなければならないというのだ。実際には、私は自分の事務室で何時間も退屈していることがよくあるのだよ。それなのに、その間下の階では職員たちが私に会いに来た人々を追い返しているのさ。その上、スーツを着てネクタイを締めていない者は、誰一人として建物の敷居をまたぐことができないのだからね。彼らは自分たちが抵抗運動の間森林に潜伏していたことを忘れているのさ」

広い部屋で大きな家具に囲まれたひ弱な弁護士の姿はひどくちっぽけに見えた。非常に気温が穏やかであるにもかかわらず、彼は寒そうにその身をすっぽりコートに包んでいた。

「この町の湿気は私には何もいいことがない。じめじめした壁の牢屋にいた頃に始まった古い痛みが呼び起こされるのだ。この責任のせいで私はとてつもない労働時間を強いられていて、私の健康状態はまったくよくならない。君たちの村の暮らしに戻りたいと思うよ」

彼らの話を聞いてから、しばらくの間弁護士は考えに耽った。それから、言った。

「国が一世紀半後戻りするとは、君たちにも思えんだろう。過去を消し去ることができると考えるのは、幻想だ」

「あんたも俺たちに判決を下した裁判官のように話すんだな」

「それが、理性の声というものだ。幸福の谷は、いまだかつて存在したことがないのだ。これは、君たちの過去への郷愁が作り出したものなのだ。将来を見据えて、君たちが生まれるのを皆が見守ったジトゥナへ戻るべきだ。ジトゥナでこそ将来を築いて、新しい生活を始めるべきだ。追い出された谷ではない」

だが、空手で帰る恥を拒んで、彼らは葡萄と悪臭を放つ酒造所を去り、町で散り散りとなった。

それから数年の間、郵便局員かつただ一人の新聞読者となったアリの息子は、何度もか細い弁護士の写真をわしらに見せた。

「あの人は冷たい食べ物ばかり食べるようになったに違いない」

そしてある日、弁護士がまたわしらのところに同じスーツケースを手に、二人の憲兵に囲まれてやって来るのを、わしらは見た。彼は同じ館の同じ部屋に腰を落ち着けた。

弁護士はさらに痩せて、さらに小さくなったようだった。その身振りは、ますますおぼつかなくなっていた。だが、このぼろぼろの体にあって、その眼差しは以前のように輝いていた。

「そんなに病気が悪いのか?」わしらは尋ねた。

わしらのいぶかるような様子を見て、弁護士は長々と首を振った。

「ああ、とても悪い」彼は答えた。「私の体はまた前と同じ牢屋で同じ湿気にさらされたのだ。だが、自由の侵害と裁判の拒絶はそれがどこから出ようと非難すべきだと信じている」

わしらには何のことだかさっぱりわからなかったが、とにかくわしらは弁護士を温かく迎えた。彼は再びわしらの古い文書と、外国から送られたあと憲兵が念入りにページをめくってから彼にしぶしぶ手渡す、さらに秘密の本の研究に取りかかった。間もなく、彼はわしらのうちのもっとも優れた記憶力を持つ者たちよりも部族の過去に詳しくなった。それは、ときには意見の対立を招かずにはおかなかった。わしらの記憶術士たちだけが、家族間の婚族関係のもつれた絡み合いを説明でき、遺産帰属権は彼らの記憶に大きく頼っていた。しかし、弁護士が引き合いに出した編年史は、しばしば深刻な過去の見直しを要求した。そこで、わしらのうちでもっとも思慮ある者たちが、文書による容赦ない事実よりももっとも明らかな不平等を修正することのできる不確かで寛大な記憶のほうが、わしらには都合がよいのだということを彼に理解させた。

「わしらはこうした間違いがあることは予想していた。だが、もし事実が不公平を広げてしまうとしたら、事実に何の意味があろう？　わしらのしきたりは、法の厳格さを平等精神によって和らげることができ、一人が豊かなときにもう一人に貧困を言い渡すようなことはしないのだ」

　彼はわしらの意見に従って、古い文書を埃がかぶるままにし、外国語の研究に精を出した。

「あんたは、わしらの言葉もコーランの言葉も使えるし、フランス人《ルーミー》の言葉も読み書きできるじゃないか。それで十分じゃないのか？」わしらは聞いた。

　弁護士が決してイマームの意見に反対したことがなかったので、わしらは彼がイマームに密かな敵意を持っていることに気づくまでに時間がかかった。

「この男は行動にも言論にも非常に特筆すべきものがあるが、神についてはあまり信じていないのだ」

　少々震え気味の追放者は、皆に知られているとされる文書に書かれた微妙で複雑な規則の体系を特に信じていて、それを厳密に実践することに熱心だった。彼がわしらのところに戻って来たのは、弱い人々や貧しい人々、追放された人々や不幸な人々を守ろうという固い決心の結果だったのだ。彼は、癩病患者たちに、国家に対して派手な訴訟を起こすことを提案した。だが、わしらはそれを諦めさせた。

そのようなことをすれば、彼はここよりももっとさびれたところに追放されるだけだからだ。

　このようなわけで、堂々たる訪問の際に自分自身の重要さに怯えたあの男たちがわしらの客を再び追放しようとしていると知ったとき、わしらの怒りは頂点に達したのだ。

「あいつらもそんなにあんたのことが怖いのかね？　あんたも彼らの仲間だと思っていたが」

「彼らはすべてが怖いのだよ。自分の妻、自分の影、自分たちの敵の絶対的な支持者。だが、彼らが特に怖れているのは、正義の声だ」

　弁護士を護送する任務を負った憲兵がやって来たとき、わしらは無言で館の前に集まった。わしらの威嚇的な態度と面倒を避けたいというオマル・エル・マブルークの意志が、彼らを交渉へと促した。最終的に、弁護士にこの日は外に出ないと約束させるということで決着した。

　その日の朝、兵士、警察官、写真家、ジャーナリスト、駱駝の子の正確な年齢を知っているかのような、その他のより重要な人々の他に、自家用車、軍用車、トラック、戦車、一群れのヘリコプターがわしらのところに溢れ始めた。

　人々が小さな石碑のほうへ進んだとき、わしらはオマル・エル・マブルークが最後から二番目の列にしか加わっておらず、群衆に押され、それでも愛想よく微笑み、卑屈にへつらい、小心そうに優しい態度でいるのを見た。

「それは、お前たちが知らないからだ」後で、彼はモハメドに言わなければならなかった。「権力の梯子の格《こ》がどれだけ多いことか。空まで上っても、その上にまだ人がいるほどだ」

翌日になるとすぐに、外国人たちは超人的な機械を使って働き始めた。彼らが買う大量の野菜と果物から、彼らの給料がものすごい額だということがわしらにはわかった。だが、彼らはわしらの羊の肉も山羊の肉も食べたがらなかった。自分たちの食べる肉を巨大な冷凍の塊にして運んで来させるのだった。「それは、彼らが雪国から来たからだ」いつも通りの洞察力を発揮して、鍛冶屋が言った。「一年の大半の間、彼らの泉や小川は凍ってしまい、歌うのをやめるんだ。だから、外国人たちはこれほど陰気なのさ」

彼らは、わしらの中から作業員を何人か雇いたがった。偵察に来た折に、オマル・エル・マブルークはわしらの労働法の特徴を彼らに説明した。

「平等に一家族から男を一人ずつ雇わなければなりません。彼らは最低賃金で働くことを承知するでしょうが、彼らの投げやりな態度に驚いてはいけません。彼らは、仕事が人生の目的だと思ったことはないのですから。礼拝のための休み時間を与え、オリーブの収穫の時期には休暇を与えればよいのです」

当然のことながら、わしらは彼らに協力するのを拒否した。提示された給料が、癩病患者の何人かの心を動かした。だが、彼らの恐ろしい機械を見ると、近づかないでおこうと決心した。

数週間のうちに、わしらが慣れ親しんできた風景はすっかり変わってしまった。丘は平らになり、峡谷は埋められた。岩は粉々に砕かれ、森は伐採され、道路はまっすぐになった。外国人たちは疲れを知らなかった。

「彼らは決して休まないのか？　どうしてこれほど熱心なんだ？」

墓地を掘り返すということになったとき、わしらは猛烈に反対した。外国人のメガフォンがわしらに告げた。

「騒ぐのはやめなさい。邪魔でない場所に移動させたいだけです。あなたがたの宗教や習わしには敬意を払います。綿密な調査が行われており、あなたがたの先祖の骨が完全に元通りの位置に置かれ、その魂が安らかに眠ることができると保障します。その代償として、それぞれの墓に美しい大理石の墓石を建てます。どちらにせよ、あなたがたが反対しても無駄です。あなたがたの武器と鞍はすべてわれわれが買い取ったのですから」

「俺たちは、父親から受け継いだこうしたものの値段を知らなかったんだ」鍛冶屋が苦々しく言った。

外国人たちは大胆になり、わしらを守るユーカリの木を電気ノコギリで脅かしさえした。本で彼らの言葉を学んだ弁護士が、わしらの弁護をすることを引き受けた。だが、それも無駄だった。「彼らは何も知りたがらないし、なにより急いでいる。契約書の中で決められている、仕事が遅れた場合の高い罰金を払いたくないからだ」

憤慨した女たちが、わしらの抵抗の火をさらにかきたて、イマームを除いた大人の男たちは木の幹に縛りつけられた。礼拝と食事のときしか縄がほどかれず、モスクを放りだしたイマームと家を放りだした主婦たちが、わしらの心と体を励ましに来た。それぞれが自分の木のそばで食べ、祈った。鳥たちの合唱がわしらの戦いを励ましたが、その糞はわしらのターバンを汚した。外国人のメガフォンは、忠告し、哀願し、脅迫した。だが、それは無駄だった。彼らの代表がシディ・ブーネムールへ行って、冷たい食べ物ばかり食べる人々に電報を送り、その中で原住民の完全な服従が約束されていたことを思い出させ、契約書の秘密の付属文書に含まれている恐るべき条項を引き合いに出して脅した。

翌日、オマル・エル・マブルークがわしらのところに怪我をした猪よりも怒り狂ってやって来た。「どうしたっていうんだ?」車から降りるやいなや、彼は叫んだ。

わしらのうちでもっとも勇気ある者が説明した。

「このユーカリは、俺たちの先祖がこの荒廃した地を住みかとした最初の日々に植えたものだ。他の植物がすべて枯れる中で、ユーカリは勢いよく育ち、追放者たちに陰と生き残りの希望を与えたんだ。これら小さな木が勢いよく育ったことは、おそらく敗北した者たちに逆境に立ち向かう力を与えたに違いない。今、これらの木は風や鳥たちを歌わせ、俺たちが休むときには寛大な避難所となり、癩病患者の風呂のための殺菌効果のある葉を提供してくれる。これらの木に触れることは許されない」

知事の雷のような笑い声がのんきな鳥たちを驚かし、慌ただしく飛び立たせた。オマル・エル・マブルークは胸を張り、手を腰にやって、わしらのほうへゆっくり進んだ。

「お前たちがこれほど勇敢だとは知らなかったな。それじゃあ勇者たちよ、俺の父が蹠行動物の重みにうめいていたとき、どこにいたんだい？　それじゃあ勇士たちよ、お前たちが植民者たちに向かって武器を取り、蜂の巣よりも多い数の連隊や、彼らを乗せた頑固な装甲車や、邪魔されたスズメバチよりも猛り狂った飛行機に立ち向かうのを、見た人がいただろうか？　答えは否だ。お前たちは自分の銃と戦う武器を、博物館に陳列するつもりの人々に売るために取っておいたのだ」

知事はサングラスを外した。

「淫売の息子め！　俺はお前の娘と妻たちの体の上に移る前に、ここで、白日の下で一人ひとりお前たちのケツを掘ってやる。今後は、ここではただ一つの権威しか存在しないということを覚えておけ。その権威とは、俺だ。それから、おならをするにも鼻水を拭くにも俺の許可を得なければできないということもな」

そして、突然穏やかな口調で言った。

「無茶なことはするなよ。鳥たちがお前たちの畑の大麦やオリーブの木を食い荒らすことも、その鳴き声がお前たちの昼寝の邪魔をすることも知っているじゃないか。お前たち自身の市長が承知したことだ。それも、追放者たちが樹林の中に住むことを無自覚にもお前たちが認めて以来、癩病がすべての木に感染したことを除いてもだ。葉を見てみるがいい。乾いた黴に蝕まれて、もとの銀色を失っているじゃないか。風が一吹きしさえすれば、細かい粒子が大気に拡がる。しばらく前から、知らず知らずのうちにお前たちはそれを吸い込んでいるんだ。お前たちももしかすると病気に罹ったかもしれない。もう遅すぎるかもしれないとも思う。ユーカリの木を早く切ってしまわなければならない」

しばらくわしらの間を歩き回った後で、オマル・エル・マブルークはメサウードの息子を見つけて、吹き出した。

「お前がやつらと一緒にここにいるのか？　臆病なために、いつでも逃げるための言い訳を見つけられると思っていたが。新しい職務がお前をそれほど大胆にしたのか？」

そして、メサウードの縄をほどき始めた。

「お前はこの町の第一の行政官であり、俺の代表だ」甘い声で知事はささやいた。「お前の役目は、こんな風に住民が間違った道に進まないよう見守ることにある。お前は誤りを犯した。よって、クビだ」

こう言うと、彼の肩に縄を投げた。

「お前の職務への配慮から、俺はお前がイマームと不当にも一緒に住んでいる館を住まいとすることを許可した。未払いの家賃をすべて支払った後で、お前は先祖のあばら屋に戻らなければならない。お前の好色な息子は、これからは夜が来ても洗濯室の奥に婚約者に触れに行くことはできない。今後は、俺が自分でジトゥナの行政を取り仕切ることにする。それから、お前のカフェには衛生上の問題があることに気づいた。法律上の基準が守られていない」

153

「何だって？」

「規定通りの水道が引かれていない」

「水道だって？」

「義務であるトイレもついていない」

「でも、俺たちは自然の中で用を足す習慣じゃないか。自分の家にもこの厠《かわや》というやつはついてないだろ」

「法律はどこでも守らなくてはならない。だから、お前の店は三カ月間の営業停止だ。開店は、必要な設備が完成していることが条件だ」

それから、オマル・エル・マブルークは車へ向かった。サングラスを鼻の上に再びのせた後で、彼はわしらのほうに向き直った。

「それから、お前たち、哀れなばか者はその場にいるがいい。間もなくノコギリがやって来る。ノコギリは、木であれ人間であれ、幹をすべて切るだろうよ」

樹林は伐採された。そこに住んでいた鳥たちは群れをなして移住した。それからというもの、夜明けが来ると、わしらは天変地異の静けさの中で目を覚ました。日中休むために、わしらには三本の無花果しか残されていなかった。癩病患者たちは治ったと言い張り、こぞって外国人のところで働き始めた。定期的に支払われる給料のせいで、彼らはわしらを見下すようになった。

日ごとに、外国人たちの機械はわしらの風景を変えていった。わしらのオリーブの木を爆破するという計画が持ち上がったとき、オマル・エル・マブルークはわしらに会いに来た。

「大げさに考えることはない。これらの貪欲な木々は、お前たちの非常な苦労に対して、貧弱な実しか返さないじゃないか。その上、びっこの圧搾場は閉まってるし、お前たちは収穫をどうしたらいいのかよくわかっていない。ともかく、たっぷりと賠償金が支払われるぞ。普通財産管理局が間もなくやって来て、それぞれの土地と木の価値を計算するだろう。そして、財源を手に入れることで、お前たちの持っている古い夢のなかでももっとも緊急なものを実現できる。聖地を訪れて、しかも格別の幸運のためそのまま死んだり、お前たちの末息子をお望みの娘と盛大な式を挙げて結婚させたりできる」

「でも、わしらの生活の糧はどうなるんだ?」

「怖れることはない。ちゃんと考えてある。ここ、世界の果てのこの地に粘土にも岩にも穴を開けられる機械を運ばせて、地下の奥深くまで水を探し、力強くほとばしらせよう。すると、お前たちは甘いスイカや香り高いマスクメロンや、火がつくような唐辛子やひ弱なインゲン豆や、要求の多いトマトやお前たちの最初の愛人の唇よりもおいしい洋梨を栽培することができる。お前たちはこうして、豊かになって太るだろう」

収穫の数日前だったが、オマル・エル・マブルークの憲兵たちはわしらを畑に入らせなかった。

「お前たちが密かにアイッサと約束して、収穫をやつのところに送り、やつのほうは圧搾機を夜の間中回すことになっているということを俺はよく知ってるぞ」

パチンコの使い方では並ぶ者のいない鍛冶屋の末っ子には大変不幸なことに、好物のなくなった椋鳥《むくどり》が今度は移住してしまったのだ。この少年の撃つパチンコの正確さは卓越しており、オリーブを好物とする鳥の群を大量に殺したものだった。わしらの収穫の番をしながら、こうして少年は獲物を長い首飾りにし、大通りへ行って、車で通る人々に売っていた。この便利な不良はパチンコを片づけざるを得なかったが、父親の鍛冶場で働くのは拒み続けた。

それからしばらくして、びっこが無為でいることに対する悲嘆のせいで亡くなった。四人の男が担架を担いだとき、われわれは新しい墓地への道を知らないことに気づいた。すべての小道は変えられ、掘り返され、まっすぐにされたか消されていた。まことしやかな約束によって、新しいまっすぐな道がわしらの狼狽する姿の前に現れた。わしらは、各自が自分の本能に従い、自然の中で散り散りになった。

すると、わしらは自分たちの世界がいかに堕落してしまったか気づかされた。

いかなる目印ももはやなかった。道は行き先を、山は場所を変えた。平野はでこぼこに、丘は平らになった。南は位置を、空は色を、太陽は軌道を、時間は流れる速さを変えた。気候は季節の順番を変えた。

やっとのことで墓地に着くと、いくばくかの参加者を従え、担架を運んだ者たちは長い間イマームが来るのを待った。イマームは唯一不在者の祈りを捧げることができる人物なのだ。しかし、それは無駄だった。夕暮れになると、しきたりの祈りを唱えることなしに、アイッサを埋葬することにした。

夜が更けてからやっと村に戻ったときには、わしらは取り乱し、呆然とし、自分たちがわからなくなっていた。

こうして、わしらはオマル・エル・マブルークが正しかったことを理解した。ユーカリの細かい埃がわしらの精神を蝕んだのだ。そして、言葉は意味を、子どもは性別を、大人は年齢を、女たちは夫を、男たちは仕事と財産を変えたことに、今度はわしら自身が気づいたのだった。

オマル・エル・マブルークがやって来たことによって引き起こされた災禍にわしらが気づき始めたのは、この日のことだったと思う。

仕事を終えるとすぐに、外国人たちは道具をトラックに積み込み、来たときと同じぐらい突然に去って行った。わしらに別れの挨拶をする礼儀さえ持ち合わせていなかった。

われわれのうちでもっとも聡明な者が言った。

「彼らには、わしらが決して理解できないだろうよ。彼らは金の勘定という絶対的な権力に従って生きているのだから、わしらにとって基本的なことである寛容の精神にこれからもずっと驚き続けることだろう。小切手を手にしたら、われわれのことはどうでもいいってわけさ。彼らにまた会うとしたら、別の契約書に署名したときだろうよ。少なくとも、銃と鞍だけでも返して欲しかったものだ」

建てられた屋敷に惹かれて、文明人たちが再び現れ始めた。時間が経つにつれて、わしらは彼らのことがよくわかるようになった。彼らはすべての点において、立ち去ったばかりの外国人たちに似るための工夫を凝らしているようだった。強い日射しにもかかわらず、帽子もかぶらずに、長く伸ばした髪を下品に風になびかせ、額を隠したままにし、髪に目をくすぐらせるがままにしていた。そして、胸ばかりか太ももを締めつける小さい服を着ているのに、まるでくつろいでいるかのような振りをしており、自分の性器のふくらみを浮き出させるという細いズボンの不都合には気づかないのだった。また、彼らはすれ違う人々に挨拶をせず、まるで非常な心配事に取りつかれているかのように、下を向いて通り過ぎていった。彼らにとって、預言者の共同体のうちの一人は、彼らが道理を超えて重要性を与えている紙にインクでつけられた人物ほどの現実性を持たないのだということを、のちにわしらは知った。こうして、最低限の礼儀は気にもとめず、訪問者が事務室に入ってきても、彼らは書類に目を向けたまま座っていられるのだった。そして、立法者の行いや発言についての解説に時間をかける代わりに、完全に抽象的な事柄についての議論に何時間も時間を無駄にするのだった。彼らにとっては、記号に訳されなければ、何事も存在しないのだった。また、もっとも明らかな事実も、もっとも議論の余地のない事実も、もっとも信用できる証言も無視し、理解不能な取るに足らないなぐり書きを信頼するのだった。彼らは、神託の言葉〔コーランの言葉である文語アラビア語〕を話すのを嫌った。彼らが単に話せないのだということにわしらが気づいたのは、ずっと後になってからだった。わしらの言葉をまったく理解できなかったということは、言うまでもあるまい。そのため、わしらのうちの誰かが説明のために呼び出された場合、自分の過ちだと知っているときには、母語で話すことにしていた。いらいらした文明人たちは、その者を帰すからだ。彼らはといえば、自分たちの妻や子どもに話すときでさえ、フランス《ルーミー》人の外国語を使うことを好んだ。

わしらは、彼らには信仰がないことに気づいた。金曜日の礼拝のためにも、イードの礼拝のためにも、ましてや雨乞いの礼拝のためになど、モスクに姿を現すことはなかった。そして、彼らの多くが禁じられた飲み物を摂取しているのみならず、その瓶を自分たちの家に持ち込み、妻や子どもの前で恥じもせず平気で飲んでいるということを、わしらは後から知った。

文明人たちは、誇りのない男たちだった。彼らは、ヴェールをかぶらせることもなく、保護することも監視することもなく、女たちを一人で出かけさせていた。彼女たちは、自ら進んで村の食料品店へ行き、顔を隠すことも、目を伏せることもせずに、ジョルジョーに自分たちが望む品を求めた。だが、彼女たちはしばしばがっかりして去って行った。なぜなら、かつての兵士の店の棚には限られた品物しかまだなかったからだ。すると、彼女たちは意志の弱い夫の車に乗って、シディ・ブーネムールへ向かうのだった。

住みにやって来る文明人の数がますます増えていったので、ジョルジョーは実に利益の多い、新しい需要にすばやく対応した。そして、中に入っているものを執拗に隠し、漠然とした冷たい印象しか与えないけばけばしい色の箱を仕入れた。これらの品は、人々が獲物よりも影を好むようそそのかす、詐欺が一般化した時代の始まりを意味していた。ジョルジョーは、砂糖やコーヒーや塩や数グラムの香辛料しか買わない昔からの客を、邪険に扱い始め、そして軽蔑するようになった。文明人の女が入ってくると、前代未聞の見世物に招待するかのように、わしらに不作法に目配せし、それと同時にそれが見せかけであることをわしらに知らせるのだった。こうして、文明人の客の対応を先にする口実を作りつつ、わしらを共犯に誘い込んだ。突然現れた快活さによってこの男の顔は変貌し、フランス人《ルーミー》の言葉で、やって来たばかりの客にわざとらしく挨拶した。わしらのほうは、慎みから下を向いた。それから、食料品店主は値段を遠慮なくつり上げてある、仕入れたばかりの新しい商品の宣伝をするのだった。

「わしらが得る一年分の収入をひと月で稼ぐやつらに気を遣う必要があるかね？　やつらは自分たちが買う商品の値段も、合計の値段の間違いもまったくどうでもいいのさ」

わしらは偽善を学んだことなどない。その年齢にもかかわらず、ジョルジョーはわしらの中で評判を落とした。この男の茶番にわしらは騙されていなかった。愛想笑いをする必要も、たくさん買わせようとする必要も感じずに自分の店にわしらを迎え、しばしば無花果の木の下に横になり、わしらに勝手に品物を取らせ、商品の値段を上げざるを得ないときには、まず納入業者をののしっていた男のほうがわしらにはよかった。

それから間もなく、ジョルジョーは自分の店とブルヌースの刺繍職人の店の壁を壊した。この職人は、目が悪くなり、時間とともに客を失い、わしらの隠れた施しのおかげでのみ生活するようになっていた。店舗を譲渡する際には、わしらのうちの何人かがこの年老いた男が貧困のうちに人生を閉じることがないよう取りなした。ジョルジョーの傲慢な態度は、その売り上げに比例して大きくなっていった。わしらは、外国での生活がどれほどこの男の魂を堕落させたかを知ることとなった。

わしらは遠慮深いが、寛容だ。わしらのうちでもっとも年老いた者たちは、文明人の女たちの服装に不快感を感じた。これらの女たちは腕を脇の下まで、足を膝まで露わにし、挑発か退廃に対する嗜好から、乳首が突き出るブラウスや尻の線にぴったり合ったスカートを好むがゆえに、すれ違う者にその体型がすっかりわかり、視線で裸にできた。

だが、このような服装や行動が、くだらない模倣によるものだということを、わしらは理解していた。使者の教えを忘れた文明人たちは、彼らのうちの多くが勉強のために赴き、若い頃を過ごした外国の町に目を向けながら生活していた。若い頃の感動をえも言われぬ郷愁で満たしながら、彼らはこうした優しさに溢れる国と、大きな川が流れる河岸でした恋人との散歩に未練を持っていた。こうして、彼らはこれらの国と自分たちの若き日のいちばん美しい思い出を結びつけていたのだ。大学の教室では、教師たちが科学や効率や生産性といった価値観のために、わしらが持っている美徳を捨てるよう促した。通りでは、彼らに絡みつく美しい娘たちの腕のせいで何気ない行為に欲望をかき立てられた。

すべては女から始まる。わしらはこのことをずっと前から知っていた。

だが、外国の知識から得た彼らの新しい価値観が、彼らの存在の根底にあるものを邪悪にも崩壊させるということに、彼らは気づいていなかった。こうして、彼らは混乱と苦しみのうちに生きることを自らに課し、自分たちの土台にあるものと、自分たちを作り出しているものの区別ができずにいた。自分がどこから来たのかを忘れ、どこへ行くのか知らなかった。

彼らは魂を失ってしまったのだ。神はさまよえる者をお許しくださるだろう。

わしらは、女たちに関しては、使者の教えから学んだ。女たちが信仰心を知らないことをわしらは知っている。女たちの精神は、しばしばその性器よりも不浄である。この世のものに執着しすぎ、平凡のうちに暮らし、復活の日(26)のことには無関心でいる。わしらの預言者と良識が自然な役割のうちに女たちをとどまらせている。つまり、出産と家事の切り盛りだ。女たちは子どもを育てることを任されているが、教育はしない。わしらは、小さい男の子たちをなるべく早く母親のもとから離すようにし、歩き始めるとすぐに、仲間たちと男らしい遊びをするよう促すのだ。

わしらは、妻と娘たちが神の教えであるしきたりを守るべきだと考えるが、わしらの信仰を押しつけようとしたことはない。身をひれ伏した女の姿が何を連想させるか、よくわからないからだ。

先祖たちはわしらに警告した、美しい娘は災いの元だと。娘の名誉はその魅力を婚礼の日まで隠し、またその日からは夫のためだけに取っておくことによって守られると、わしらは結論した。わしらは情熱の危険性を知っており、新郎には妻と夜の闇の中で交わり、二人を道に迷わせ、従属しかねない背徳的な遊びを避けるよう忠告している。わしらは結婚したばかりの若者がする行動を注意深く見守り、彼らがいつになく急いで帰宅しようとするのをしばしばからかうが、それはばかにするためではない。わしらの関心は、彼らに男の尊厳は他の者たちに、それもまずは妻に、彼女自身が引き起こす感情を隠すことを求めるものであることをわからせる点にあるのだ。自らを制御し、妻を制御することによって、男は他の者たちの敬意や妻の称賛を得ることができるのだ。一人でいるときも、また一緒にいるときはなおのこと、妻を無視し、冷たくあしらい、必要とあれば侮辱することができなくてはならない。自分の妻の魅力に屈する男はおしまいだ。このような者たちをわしらはたくさん見てきた。勇敢な者が臆病になり、寛大な者がけちになり、思慮ある者が気違いになり、慎重な者が無謀になったのだ。

女たちは悪魔のようだ。

敬意を払うに価する妻は、主人の愛をかき立てるために策略を使ってはならない。自然でいなければならず、装身具で身を飾ることのみが許され、顔の欠点を隠し、頬を輝かせ、目を大きく見せ、唇の色を生き生きとさせるあの製品を使ってはならない。

文明人の女たちは、変身する技にかけては精通していた。彼女たちの家で働く癩病患者の妻たちは、その変身ぶりに驚嘆していた。彼女たちがベッドから起きてくると、髪はぼさぼさで、顔はくすみ、目は小さく、頬はざらざらし、唇は厚いのだった。一時間後に彼女たちを見ると、美しく、生き生きとして、ドアを閉める前に最後の忠告を与えるのだった。

文明人の女たちは、家にいるのを嫌っていた。外に出て、世界を知りたがった。夜を眠らずに過ごすのを好んだ。そのうちの何人かは、夫の給料がすでに莫大なものであるというのに、家庭と子どもたちを放って、夫と同じように朝から晩まで給料をもらうために外で働いていた。だが、それよりももっと深刻なことがあった。それは、彼女たちの多くが出産を拒み、行為の結果を消す寛容の薬を飲んでいることだった。それでも、夫は妻を離縁することができないのだった。

自分しか頼る者がいない彼女たちの数少ない子どもたちは不良になった。彼らは無礼で、大人をまったく怖れず、大人に非難を受けると生意気な返事をするだけだった。父親たちは、彼らを甘やかすだけでなく、誰かが罰を与えようものなら激怒するのだった。

これは、わしらにとってはあり得ないことだ。わしらは年上の者に対して敬意を払うし、誰であれ、父親の前で子どもを殴ることができ、だからといって父親が興奮したり、言いがかりをつけたりすることなどなかった。

最初の頃は、これらの繊細な子どもたちは優雅な屋敷を離れて、わしらのあばら屋のほうへ入り込んできた。わしらの奇妙な生活を見て、喜びに身を震わせていた。すると、まずは用心深かったわしらの子どもたちが、彼らに接近を図った。言葉の問題は簡単に越えられ、深い関係ができた。というのも、新しい友達は、しばしば食べたくないおやつを手にしているか、別に欲しいと思っていないお菓子をポケット一杯に入れてやって来るのだった。村の息子たちは、これらの男の子たちがあまりにも簡単にこうした食べ物を手放すのに驚いた。彼らは無関心に、ときにはホッとして、こうしたものをくれるのだった。わしらの子どもなら、ひとかけらのガレットやひとつかみの干し無花果をあげないために、大変な暴力を受けるところなのに。共同のクスクスの皿の周りに押し合いへし合いしながら座る子どもたちは、彼らが食べ物を残したといってしかられ、罰を受けることを知らないでいた。こうして、わしらの子どもたちは、この友情から利益を得ていた。だが、この関係は程なく悪化した。彼らの遊びはよく喧嘩を引き起こしたが、小さな文明人たちは、頬に傷を負って、鼻から血を流し、目を腫らして、腕にあざを作って家へ帰った。そこで母親たちは、子どもたちに原住民と交際するのを禁じた。そのせいでわしらの子どもたちは、金網を破って彼らに会いに行った。すると、若い何人かの癩病患者が番人として雇われ、わしらの田園監視員とあらゆる点で同じ制服を与えられた。こうして、村の子どもたちにとって、食べ物に恵まれた時期は終わりを告げた。

住み始めて間もなく、大部分の文明人たちは、わしらの妻や娘たちの中から女中を雇うことを要求した。給料をもらう代わりに、わしらの女たちが召し使いとなることを受け入れるわけにはいかないということを、わしらは巧みに説明した。給料を上げることによって、わしらを説得できるものと彼らは思った。わしらのうちの何人かが説明した。

「女たちがああした状態であるにもかかわらず、わしらは彼女たちの尊厳を大切に思っているのです。女たちが何の得にもならない意地悪や物の誘惑に簡単に身をやつしてしまうことを、わしらは知っています。女たちを邪険に扱うこともありますが、それでも彼女たちはわしらにとって生きる力が湧く泉であり、わしらの優しい一部なのです。女たちがあんたがたの足下にひざまずいて、床板の掃除をするのを見ることなどできません」

だが大変驚いたことに、この出来事から数日のうちに、癩病患者の多くが文明人が提案した誘惑に負け、自分たちの妻や娘たちを貸すのを承知したことを、わしらは知った。

このことは、わしらに多くの問題を引き起こした。

わしらは貧しくはあっても、名誉を重んじて暮らしている。だが、屈従した癩病の女たちは、女主人の人の良さを利用して、苦情を言ったり嘆いたりしてやまなかった。そして、古くなったパンをせがみ始めた。彼女たちが言うには、それは数多い兄弟や子どもに食べさせるためで、彼らがまるで飢え死にしそうでもあるかのように言うのだった。ところが、実際は早く太らせるために鶏にそれを与え、たらふく食べさせていた。それから、雇用主の夫婦が着なくなった服をもらい、売ってお金を稼いだ。そして、彼らが使わなくなった器具ももらった。

文明人は、程なくわしらがけちで吝嗇だと思うようになった。それが、わしらに対する軽蔑をさらに強くした。ある日、金の鎖が消えたことに気づいた文明人の女の一人は、すぐに自分の家で雇っている娘を疑った。そして、シディ・ブーネムールの憲兵のところに訴え出た。すると、憲兵が両親の家をくまなく捜索しにやって来た。

憤慨したわしらは、憲兵たちのほうへ進み出た。わしらのうちでもっとも体の大きい者が、わしらの部族の記憶の中では、窃盗も盗みも起こったことがないと説明した。

「訴えがあったんでね」彼らは答えた。「調査をしなければならないんですよ」

「もしこの女が何であれその者から取った品物を持っているなら、わしらはここですぐに弁償するつもりだ」

「そんなことを承知するわけにはいきません。捜索をしなければなりません」

わしらのイマーム自身が、疑いをかけられた家族の信用を保証した。

だが、石頭の憲兵たちは、譲ろうとしなかった。そして、鎖を壺の底に見つけた。

「ばかな真似はやめろ。俺の虱《しらみ》が目を覚ましてしまうぞ。そうすれば、後悔することになるだけだ。周りを見てみろ。もっとも鈍い者でさえ、県庁にもう一つ席ができるわけがないと認めるだろうよ」

わしらがこれほど勇気があるとは思っていなかったイマームが、オマル・エル・マブルークのほうへ進み出た。

「ここには、一世紀以上前からわしらを見守り続けている始祖の聖者の墓がある。この聖者は常にわしらを守護してきた」

「守護だと？　何から守るっていうんだ、可哀想なやつらめ？　お前たちは、雹やら、伝染病やら、干魃《かんばつ》やら、バッタによる被害やら、戦争とその動乱やら、飢饉やら、追放やらを経験したじゃないか」

「だが、わしらはそれでも生き延びた」

オマル・エル・マブルークの笑い声は、ユーカリの木に住んでいた鳥を怖がらせたに違いない。

「そんなのは迷信だ。お前たちはまだツルボとツバメの谷の時代遅れの時間を生きているんだ。今ではあの谷は葡萄畑と耐えがたい匂いの酒蔵でしかないと知ってるっていうのに」

「死ぬ前に、わしらの聖者はオリーブの木から百メートル以内の場所には何も建てないよう言ったのだ」

「これからは、お前たちがあがめる聖者は俺一人だ。その代わりに何も失うものはないと信じていい。俺はお前たちを闇から抜け出させて、光へ連れて行こう」

オマル・エル・マブルークは、背をぴんと伸ばして胸を張った。

「お前たちは時代錯誤の信仰を持ち出してきて、うんざりさせるよ。俺のほうは、お前たちの幸せのために日々、朝から晩まで、過ぎる時間の一分ごとに骨を折ってるっていうのに。おかげさまで、俺には子どもたちに会う時間も妻たちを訪問する時間もないんだぞ」

そして、続けた。

「ここには、机と教壇のある学校を建てる。壁には写真が貼ってあって、大きい窓は世界に開かれるんだ。お前たちは子供用の上っ張りを着てかばんを持った自分の子どもたちを連れて来なければならない。子どもたちを裏切りの道へ進ませるようお前たち自身の手で押すのだ。子どもたちはこの道の先で先祖たちを忘れて、俺たちの支持者となる、そして、フランス人《ルーミー》の言葉と数学を学び、指を使わなくても数えられるようになる。世界地図の上で、彼らはもっとも有名な町の位置を言うことができるようになるだろう。さまざまな種類の雲の名前を言えるようになり、礼拝や呪文が雨を降らせるのではないという結論に達するだろう。お前たちにとってはまったくの異端である音楽や歌の練習をし、お前たちがその存在すら知らない千のことを学ぶだろう。町の子どもたちと同じように、彼らは誕生日を祝い、少女たちと踊り、大学入学資格《バカロレア》を取得し、マリファナを吸うだろう。すぐ隣にはスーパーマーケットができて、その売り場には品物がふんだんに並ぶだろう。お前たちは、ザンジュの国から来たバナナを味わうことができるだろう。お前たちの赤ん坊は奇跡的に粉末に変えられ、水と混ぜると液体になるミルクを飲むだろう。化粧品が娘たちを惹きつけるだろう。おもちゃが子どもたちを虜にするだろう。女たちは、洗濯物を洗う機械を持つようになり、お前たち自身は、語り部に取って代わることになる、笑ったり泣いたりさせる機械に高い金を払うだろう。そのもう少し先には新しい郵便局が建ち、アリの息子が局長として君臨し、お前たちが望めば海外に行った息子たちの声をそこで聞くことができるようになるだろう。その向かいには病院が建ち、妊娠した女たちを受け入れ、これまでに罹った病気とこれから罹る病気のすべてに対するワクチンを赤ん坊に接種し、不妊になる薬を新婦に無料で配るだろう。胃痛に苦しむ者はその陰気な性質によって引き起こされる被害を治しに行くことができ、砂糖の病気に罹った者はビターアーモンドをたらふく食べる必要がなくなるだろう。痛みを和らげる注射、老人の身ごなしを軽くする注射、日中眠らせる注射、夜眠らなくする注射、あるいはその逆でもお望み通りの注射をいくらでも提供するだろう。病院のすぐ隣には裁判所ができて、この世のすべての書物から学んだ裁判官が公平に、どんな複雑なものであれ、お前たちの争いごとを解決するだろう。この裁判所は、解散した集会《ジェマア》のお前たちにとって有利な代わりとなるだろう。どうだ、どう思うか言ってみろ」

ジョルジョーとアリの息子、それから市長に返り咲きたいという希望を抱き続けているモハメドが、オマル・エル・マブルークの考えを認めるだろうと、わしらにはわかっていた。それから、癩病患者たちを警戒したほうがよいということも、わしらは学んでいた。彼らが賛同したことはわしらにとって打撃であるが、驚きではない。だが、わしらの息子たちの何人かが知事の計画に惹きつけられていると知って、わしらは驚愕した。

「特別条令によって、工事現場で働く癩病患者は全員治ったと宣言する」

オマル・エル・マブルークの合図に従って、ブルドーザーが黒い煙を吐きながらうなりだすと、ゆっくりと進んだ。恐れをなしたイマームは後ずさりし、呪いの言葉を吐きつつ立ち去った。

「呪われるがいい、悪魔の子よ！」

オマル・エル・マブルークの笑い声のこだまが、イマームが退却する拍子を取った。

知事はモハメドのほうへ向かい、友情をこめて腕を取った。

「うれしいことに」彼は言った。「お前が良識を取り戻しつつあるということがわかった。あと少しの熱意と根気で、お前は市長のポストを取り戻して、カフェをまた開くことができるぞ。俺に逆らえば、いつでも損をするということはわかったと思う。住民の半分は、俺について来るつもりだ。ためらってる連中を賛同させるのに、お前に期待してるぞ。俺の恨みはしつこいということを忘れるなよ。お前たちの不寛容なイマームが、俺の父にはモスクに絶対に足を踏み入れさせなかったということを、俺は忘れちゃいない」

「心配することはない」知事は言った。「本物のモスクを建てることも考えてある。てっぺんに二つの同じ形をしたミナレットがあって、メジアンとアメジアンが声を合わせて礼拝への呼びかけをするために登るのだ。このモスクには、いくつかの浴場が備えられ、浴場では水とお湯がふんだんに流れるのだろう。毛の厚い絨毯がお前たちの裸足の足をなでる。お前たちのもろいターバンに唾の雨を降らせながら、もごもご話すあの歯の抜けた年寄りに我慢する必要はなくなる。俺は、もっとも優れた大学を卒業したイマームを見つけ、それ相当の給料を支払うつもりだ。そのよどみなく生き生きとした雄弁は、ラバトの娘の乳首よりもお前たちを魅了するだろう」

自分が勝ったと確信しているオマル・エル・マブルークは結論した。

「進歩に背を向けたい者は、あばら屋に戻るがいい。俺たちは、ここでやることがある」

癩病患者の多くは、新しい建物に優先的に住居が与えられるという約束に惹かれて、工事現場で働いていた。

「俺たちの状況をわかってほしい。俺たちはテントに住み続けているが、冬には雪の中で、夏には埃の中で、ユーカリの陰に守られてさえないんだ」

わしらは答えた。

「すべてはあんたたち自身のせいだ。わしらの家は簡素だから、二日もあれば建てられる。材料も揃っているし、わしらが手を貸そうと提案したじゃないか。だが、あんたたちはまことしやかな約束のほうを選んだんだ。あんたたちが来たとき、わしらはあんたたちが罹っているとされる病よりももっと深刻な病に冒されているということに気づいていたよ。それでも、わしらは友愛がもたらす治癒の力を信じたのさ」

わしらの息子たちのうちの何人かも、定職がもたらす安泰に惹かれて、整地された畑で働いていた。

「オリーブの木はなくなったし、一日をどう過ごしたらいいっていうんだ？　それに、どうやって子どもたちに食べさせられるんだ？」

工事現場ではあまりに多くの事故が起こり、複数の者たちが死んだ。労働者たちは工事現場を放棄したが、オマル・エル・マブルークは憲兵の集団を呼び、労働者たちに仕事を再開するよう強要した。


変圧器の小屋が小さい旗で飾られると、オマル・エル・マブルークはわしらを落成式に招いた。文明人の一群に囲まれて彼は足早に現れると、上機嫌で言った。

「お前たちを闇から抜け出させて、光へと連れて行くと約束しただろう」

そして、仲間たちが拍手する中で、レバーを下ろした。街灯のかさに明かりがともった。

周囲を照らす明かりの中で、この余計な光にわしらのうちの数人があざけりのふくれ面をした。

「それだけかね？　地面が突然ひっくり返って、皆が知るわしらの慎重さにもかかわらず、頭を下にして歩かなければならなくなるのかと思ってたが？」

わしらは間違っていた。わしらが吸い込んでいたユーカリの乾いた黴よりももっと密かに、もっと破壊的に、この追加の明かりはわしらの日常を一変させることになるからだ。

「夜になるのを待ちなさい」皆が言った。

「これが何の役に立つというのだろう?」鍛冶屋が言った。「わしらは日没の礼拝が終わるとすぐに家へ帰る習慣だ。犬が追いかけっこできるようにするためか?」

しかし、新しいもののために時間をさいて、わしらは夜までそこに残り、夜の仮面をはぎ、すべてのものをみだらに照らし出すこのどんよりした輝きを前に、驚嘆している振りをしていた。わしらは、図らずも他人の私的な場面に出くわした者が感じる気まずさを感じた。もはや、お互いを直視することができなかった。ものの和らいだ色がますますわしらの気詰まりを増長させ、わしらは慌てて家へ帰った。

わしらのようにここに根を下ろし、これまでの止まり木が消えたにもかかわらず、移住するのを拒否した鳥が稀ながら残っていた。だが、この常ならぬ明るさは、こうした鳥たちの生活を狂わせた。鳥たちは夜と昼を区別することができなくなり、疲労のために倒れるまで絶えず鳴き続けた。鍛冶屋の次男が進んで鳥たちを拾い集めた。わしらは、この次男坊が思わぬ儲けものを利用して、道端に立って自動車で通る人々に売るのかと思った。だが、少年が畑を通って遠ざかり、密かに鳥たちを埋葬しているのを見て、わしらは心を動かされた。それから、少年はパチンコを取り出し、長い脚の上に乗ったランプを的にした。小石は確実に的に向かって飛び、次々と明かりを消していった。

被害を観察したオマル・エル・マブルークは、最近どこでも連れて行くようになった田園監視員を従えやって来て、絡み合った無花果の木々にその長身でもって立ち向かった。

「まるで、豚を糞の中から出そうとする気になったようなものだ。こんな風にむきになるが間違ってるってことはわかってる。どうせ、反抗する者は一握りしかいないんだ。泥の中で腐るがいい。俺は手を引く。これからは、お前たちなしで事は進んでいく」

そして、ラバフのほうを向いて言った。

「公共物破壊のかどで、この不良を牢屋にぶち込むんだ」

「でも刑務所なんてないぞ」

「お前ももったいぶった振りをするのか？　警察の一群が間もなくここに来て、お前はすぐに公道にはみ出る驢馬の調書を取れるんだ。最初にできる建物は、警察署だということを知っておけ。この建物の広い地下には、独房が並ぶんだ。それまでの間、この軽犯罪者は小さい弁護士の連れになる。お前に監視を任せるぞ」

わしらはこれで借りがなくなったものと思っていたが、破壊は知らないところで進んでいた。電線は、密かに家から家へと拡がりつつ、這って進んでいったのだ。

モハメドの息子は父親と同じ口髭をはやしていたが、父親よりも商才に恵まれていた。外国人たちが約束したコーヒーメーカーを受け取ったのを利用して、彼は自ら商売に介入し、県条令によって閉店になって以来、うち捨てられていた父親の店をすっかり改装した。そして、冷蔵庫を備え付けてこれまで誰も知らなかった冷たい飲み物を出し、カウンターを作って立ち飲みできるようにして客を急かした。茣蓙《ござ》は、テーブルと椅子に取って代わられた。モハメドの息子が無花果の木の下にあったテーブルと椅子を持ち去ったので、わしらは埃の中に横にならざるを得なくなった。テーブルと椅子を取り戻すために、わしらはモハメドに激しく抗議しなければならなかった。しかし、息子は元の場所に戻すことを拒否した。そのため、テーブルと椅子は夜の湿気や風が巻き起こす埃や爪を研ぎに来る猫に放置された。そして、すぐにずたずたになってしまった。

　わしらが反対したにもかかわらず、開店の際にモハメドの息子がトランプゲームとドミノ遊びを許可したので、若者たちは心底熱中し、すっかり夜になるまで続けるようになった。そして、早寝の習慣にまだ惑わされている客を引きとめるために、台の上に人を笑ったり泣いたりさせる機械も置いた。

　ますます数が増えるカフェの客は、朝の礼拝に起きることがもはやできなくなっていた。それでなくとも、彼らのほとんどが工事現場で働いており、厳密な勤務時間のせいで宗教上の務めをやめる気になった。

　ジョルジョーは、やっと義務である明かりのついた看板を自分の店につけ、文明人の子どもたちを夢中にする砂糖の雪を作る機械を設置した。最初は慎重に口にしたものの、わしらの子どもたちも慣れていった。この嘗《な》めて食べる菓子を買えるほどのお金をわしらからもらえるはずがないので、子どもたちはわしらのジェラバ〔フードのついた丈の長い長袖の服〕のポケットを毎晩探るようになった。ジョルジョーは数カ月のうちに財を築き、先祖の土地に煉瓦とコンクリートでできた広くて不格好な家を建て始めた。悪夢の建築物は、わしらの夜にしつこくつきまとうようになった。近くの住民たちの代表が、ジョルジョーに道理をわからせようとした。

「あんたの家は上に伸び、どんどん高くなっているが、まだ完成していない。こんな風に高く建てるべきじゃないよ。あんたのベランダがわしらの中庭を見下ろして、わしらの娘や妻たちがしていることが見えるじゃないか。預言者は財産によってではなく、信仰の厚さによって抜きんでるよう説いているじゃないか」

ジョルジョーは彼らに答えた。

「あんたたちは、嫉妬してそんなことを言うんだ。あんたたちは、外国にいる俺を忘れた。商売人の俺を軽蔑した。今度は金持ちの俺を妬むというわけだ。あんたたちを挑発するために、俺はもう一階つけ足すことにしよう。それから言っておくが、あんたたちのツケはこれからは受け付けないことにした。すべての買い物はその場で現金で支払うことだ」

訴えた者たちは集会《ジェマア》に申し立てをした。そして、長時間論議したのち、二人のメンバーを食料品店主と交渉するために指名した。だが、ジョルジョーは彼らを傲慢な態度で迎えた。

「あんたたちのてんやわんやの集まりは不法だから、そこで決まったことは無効だ。俺が知事の耳に入れれば、あんたたちは解散した組織を再結成したかどで罰を受けるだろうよ」

巨大な住居ができあがると、ジョルジョーは孤独を感じ、妻を娶る気になった。この男がどこぞの孤独な寡婦《やもめ》を引き受ける分には何も悪いことはないと、わしらは考えた。そうすれば、この老人は徐々に自分でやるのが厭になってきている日常のつまらない雑務を減らし、その人生の終わりは和やかなものになるからだ。

「やつは朝晩食事を作るのも、家の中を掃くのも、服を洗ったり繕ったりするのも、うんざりだろうよ」

食料品店主の財産に惹かれて、何人かの候補者が現れた。しかし、ジョルジョーはこのように事を運ぶつもりはなかった。二十歳以下の生娘を見つけたがっていたのだ。わしらは、彼にその高齢と白くなった頭を思い出させた。

「あんたが外国から戻って来てからというもの、わしらが家庭を築くよう絶えず勧めたことは、アッラーもご存じだ。あんたが何度も拒否したので、わしらは何か不具でもあるのかと思っていた。時間は過ぎた。今となっては、あの世での生活を保障することだけを考えるべきなんじゃないかね」

「人生は神の手にある。そして、神のみがその終わりを決めることができる。それ以外のことに関して言えば、わしは病気に罹ったことはこれまでない。フランスでは、発情した雄山羊よりも激しくわしは性交した。まだ働き盛りだと思うし、子孫を残すこともできると思う。それに、わしの結婚相手は豊かな生活を保障されている」

当然のことながら、わしらのうちの誰一人として老いぼれの食料品店主の酔狂につきあうことを承知した者はいなかった。だが、貪欲な癩病患者が現れ、おそらくは莫大な代償と引き換えに娘を差し出した。この知らせに憤慨したわしらは、イマームを囲んで集まった。

「オマル・エル・マブルークよりもさらに、癩病患者たちよりもさらに、わしらの裏切り者の息子たちよりもさらに、この男はここに天地の不幸を引き寄せるだろう」

イマームは断固とした態度だった。

「わしはこの自然に反した結婚のためにファティハを唱えるのを拒否する」

ジョルジョーは肩をそびやかした。

「わしには、あんたの祝福などなぞ必要ないね。市役所に行って、民法上の結婚をするよ」

わしらの反対にもかかわらず、婚礼は行われた。わしらのうちの誰一人として式には参加しなかった。

この話は、悲劇的な結末を見ることになった。都会の下町で育ったこの娘は、文明人の女たちの行動を真似始めた。彼女たちのような服を着て、彼女たちのような化粧をし、彼女たちと同じようにヴェールをかぶらずに通りに出た。それから、彼女たちの家を訪れるようになり、だんだん長居するようになった。屋敷の集合地区で守衛として働く癩病患者たちは、この娘が独身の男たちとそこで会っているというわさを流した。少しずつこれらの男たちは大胆になって、彼女の家へ会いに行くようになった。ある日、突然帰宅したジョルジョーは、妻の愛人の一人が行為の真っ最中なのに出くわした。この愛人は難なく老人を絞め殺した。わしらは、来たばかりの警視に事件を知らせるのを拒否した。無花果の広場からほど近いところにわしらは新しい墓地を作り、食料品店主はそこに埋葬された。

住居の準備ができるとすぐに、オマル・エル・マブルークはジトゥナに居を構えた。

「実際のところ」彼は秘書に打ち明けた。「このポストを軽蔑したのは間違っていた。居心地がとてもいい。あまりに忘れられた場所なせいで、冷たい食べ物ばかり食べるやつの誰一人として俺の問題に介入しに来ようとしない。しつこいやつがいたとしても、途中で道に迷ってしまう。管轄の部署には、標識をいっさい設置しないよう命令しておいた。俺が雇った文明人たちは、それぞれが就いている職務の重要性がどうであれ、俺の言うことをよく聞いて従わなければならないことを承知している。俺は彼らを欲求不満がつのっているという理由で選んだんだ。こいつらは、ポケットを免状で、心を恨みでいっぱいにして、首都の通りをさまよっていた。仕事はあったりなかったりで、住まいなんてなかった。ある者は皆から無視された事務室に閉じこもって、くたくたになるまで自分の知識を忘れていた。他の者の子どもたちは地下室に押し込められ、光を見ることがなかった。俺は彼らに冷房のついた屋敷と彼らの野心に合ったポストを提供した。彼らは、そのどちらも失いたくないと思っている。だから、文句は言わない。それに、もっとも憎しみに満ちた癩病患者を見つけて、俺に協力させてある。俺が煽らなくても、彼らは村人を迫害するだろう。もちろん、俺はかつて抵抗運動で自分の手下だった者たち全員に呼びかけるのを忘れなかった。その全員が来た。俺に忠実に盲従するこいつらは、俺の睡眠と過ちを守るのに慣れている。くつろいでいられることを俺は知っている。俺が睾丸を掻くのも、俺の住まいの正面階段を美しく飾る薔薇に放尿するのも、寝ながらおならするのも、鼻の穴の中で邪魔な鼻水を一メートル向こうまで飛ばすのも、誰も妨げることはできない。俺は色魔の習慣を取り戻して、俺を勃起させたが身を危険にさらすことを怖れて俺が言い寄ってもあしらわれた毒婦を全員首都から呼ぼう。あの女たちは喜ぶだろう。町の雑然とした生活から遠く離れ、農民の中で、自分たちが女王にでもなったつもりになるだろう。そして、牧歌的な風景にうっとりし、夜になると俺の気まぐれを喜んで受け入れてくれるだろう。俺は暴君のようにふるまうことができる。明日には破る楽しみを味わうために俺の身の丈に合った法律を制定し、通りを歩く農民に靴を履くことを義務化し、日常の礼拝の回数と時間を変えるんだ」

オマル・エル・マブルークが落ち着いた後で、順番に次々と憲兵、警察官、軍士官、党の責任者、学校の教員、病院の医者と看護婦、刑務所の看守、新しいモスクのイマーム、スーパーのレジ係がやって来た。

アリの息子のアリは、新しい郵便局の上の階の住居に住むために引っ越した。そして、番号のついた窓口と自分の電話を手に入れた。何人もの局員を指揮しているので、わしらの手紙を書く時間がなくなった。癩病患者の一人である新しい郵便配達人は、わしらに郵便物を届けるのを拒否した。というのも、わしらは住所がなかったからだ。

「通りの名前と番号がなきゃだめだ」

フランスに行っている息子たちからの知らせも為替も、わしらは受け取らなくなった。

結局、モハメドは市長になれなかった。オマル・エル・マブルークは、シディ・ブーネムールの元市長を選んだのだ。

「あいつの唯一の利点は、俺たちのところで生まれてないことだ」

この市長は、市役所を若い同郷の者たちでいっぱいにした。職員たちはわしらを尊大な態度で迎え、住所を証明するよう要求した。

「一世紀半前に、わしらの先祖はここに定住しにやって来たんだ」

「電気か電話の領収書が必要だ」

一人また一人と、わしらの子どもたちは新しい町に住みに出て行った。最初の頃は、しょっちゅうわしらに会いに来たが、間もなく訪問の間隔は長くなっていった。わしらは、山羊を手放さなければならなかった。というのも、誰も世話する者がいなくなったからだ。それは、いくらかの生活の糧になった。

だが、それもなくなってしまった。わしらの息子たちは、わしらが困っていることに気づかない振りをした。彼ら自身、給料をもらっているというのに、物価の高さや子どもたちの無分別な要求に文句ばかり言っていた。国の学校に通っている子どもたちは、文明人の子どもたちのように新しい靴や服、そしてたくさんのノートやお菓子を買うための小遣いを欲しがった。

昔のように、わしらのうちの何人かは飢えにみまわれた。少し先のスーパーでは小麦粉の袋が積んであるというのに、彼らは我慢しなければならなかった。

わしらは貧困と尊厳の中で育った。だから、食べるものが何もない者たちは、それを隠すことを誇りとしていた。非常に幸いなことに、ジェルールの息子が見守っていた。刑務所から出るとすぐ、この若者はパチンコを捨て、スーパーでこっそり手に入れてあった品物が不足すると売りに出した。

「買って、保管しておけばいいのさ」彼は言った。

父親が死んだので、息子は受け継いだ店を倉庫に変えた。ジェルールはガス溶接器に仕事の道具を変えなかったため仕事がなくなり、無為でいることの悲嘆に暮れて死んだのだ。

この新奇な商売のおかげで、ジェルールの息子は間もなく財を築いた。だが、彼は高い家を建てようとも、新しい地区へ引っ越そうともしなかった。スーパーの売り場に現れようものなら、人が押し寄せて、わしらのような老人の息の根を止めてしまうにちがいない製品を、彼はわしらに気前よく回してくれるのだった。どうしてこうした商品がなくなるのかは、わしらにはまったくわからなかった。

「給料をもらうようになって、人は大食いになったんだろうか？」

ジェルールの息子は、わしらから決してお金を受け取ろうとしなかった。

「他の客から十分もらってる。たぶん良心がとがめるんだ」


オマル・エル・マブルークは、警視がやって来るとすぐに呼び出した。

「秩序と安全を確立するためにお前に期待してるぞ」彼は言った。「この村の住民にはせいぜい警戒することだ。彼らは腹黒く、陰険だ。厳しく扱うことをためらってはいけない。まず、うろうろしている暇な若者を全員町から一掃することを、俺はお前に勧める。あいつらは工事現場で働くことを拒否して、日がな一日スーパーのレジ係の尻を盗み見て過ごしてるんだ」

「どうしたらいいんですか?」

「職員に何をさせたらいいのかわからないでいる刑務所の所長が、喜んで彼らを迎えるだろう」

「どうやって逮捕を正当化するんですか?」

「何か見つけろ。それがお前の仕事だ」

警察は、反抗的な若者たちの追跡を始めた。最初の者たちが、浮浪罪のかどで逮捕された。

「お前たちは定職もきちんとした収入もない」

次の者たちは、不法欠勤を理由にその中に加えられた。

「お前たちは、平日の勤務時間に通りをふらふらしている。仕事に就いているべきではないか。上司の署名と印がある欠勤許可を持っていないのだから、お前たちの状況は違法だ」

また、別の者たちは新しい通りを交差点以外のところで渡ったという理由で逮捕された。

オマル・エル・マブルークは、党の責任者の訪問を受けた。

「ここでは、多くの仕事がお前たちを待っている」彼は言った。「この村の信者たちは、今まで一度も世話されたことがないんだ」

区画ごとに、党はリーダーを任命し、水の配給、消灯、ボランティア活動、法で定められた記念祭、賃借人の信条を彼らに取り仕切らせた。ある日新しい建物のドアというドアに通達が貼られた。それは、公式に断食月《ラマダーン》を決めたものだが、わしら全員が見たし、なにより目が衰えたわし自身が見たことを保障できる、三日月より一日遅れていた(27)。博学な人物が笑ったり泣いたりさせる機械に現れて、まだ現れていない天体を見ることはできないと断言した。しかし、動揺した新しい町の住民のうち数人は、わしらのイマームに意見を求めに来た。イマームは言った。

「お前たちがわしらのもとを去ることを決めたとき、お前たちが間違った道を進もうとしていると言ったではないか。それなのに、お前たちは耳を貸そうとしなかった。わしらの衰えた目は間違うこともあるとしか、今日は言うことができない。アッラーのみが真実をご存じだ。だが、一日早く断食を始めたからといって、わしらが罰されることはなかろう」

「自分たちの計算が正しく、世界の創造以来、いかなる誤差もなかったと彼らは断言している」

「フランス人の知識《ルーミー》を取得したからという理由で尊大になったこの者たちの指示に従うのは、お前たちの自由だ。わしらは使者の教えに従い続ける」

「どうしたらいいんだ？」

「ここを去ることによって、混乱の中に生きなければならなくなると警告したではないか」

悩んだあげく、大半の者はわしらと同じ日に断食を始めることにした。それを知らされたオマル・エル・マブルークは、怒り狂った。

「そいつは反乱だ！」

電話を取ると、党の責任者に叱責を浴びせた。

「農民たちの精神は、虱にたかられた俺の睾丸よりも、迷信にたかられていると警告しといたじゃないか。お前の仕事はやつらの思想と倫理の健康状態を見守ることだったはずだ」

オマル・エル・マブルークは、通りに警官隊を送り、喫煙者に煙草を吸うことを、噛み煙草を噛む習慣の者に噛み煙草を噛むことを、喉が渇いていない者に喉を潤すことを、空腹でないものに腹を満たすことを強いた。

わしらは、かつて学校を開きにやって来た小学校教師と再会した。校長に昇進したこの男は、まったく問題なくオマル・エル・マブルークと理解し合った。

「お前を追い払った者たちの息子の世話をすることはない。やつらが惨めな境遇に捨てられるのはいい気味だ。文明人の子どもたちの世話をする必要もない。彼らはもう学校へ行っている。癩病患者と味方の子どもたちを受け入れるんだ」

町に水を送るために掘られた井戸は、わしらの泉を涸らせた。これに対するわしらの突然の怒りが、オマル・エル・マブルークを隠れ家から出させた。そして、警官の一隊を引き連れてわしらのほうへ進んできた。

「仕方なかったんだ」彼は言った。「この国では水が足りないということは、お前たちも知ってるだろう。あとは優先の問題だ。お前たちか、お前たちの移住した息子たちか。彼らには、頭数の多さと将来がある」


わしらの多くがこの年に死んだ。鍛冶屋のジェルールのことは、もう話した。それから、教導権を占有できなくなってからというもの、悲嘆にくれていたイマームもその一人だ。最後まで忠実なわしらは、新しいモスクまでの距離がわしらの年老いた筋肉を疲れさせること、わしらがそこで信仰を誓った幼い頃から知っている狭い部屋にずっと通い続けるつもりだということ、彼のライバルのきらめく雄弁よりもときには曖昧で、しばしばいい加減な彼の説教のほうが好きだということを、わしらは保障したのに。

「あのイマームはコーランの章でつっかかることは絶対にないが、その言葉はナイフの入っていない鞘と同じぐらい空っぽだ」

このイマームは、堂々としたモスクにある二つのミナレットのそれぞれ両側についた拡声器の音量を最大にして、同業者の説教を邪魔していた。遠くからでも、その雷鳴のような多弁は、年寄りのささやきを聞こえなくしていた。わしらのイマームは、説教と礼拝も聖なる書の読書に逃げこむための集会《ジエマア》の不法な集まりも、最終的にすべてをあきらめた。ある日、心臓の上にページが濃褐色になった本をのせて、茣蓙《ござ》の上に彼が横になっているのが発見された。イマームは死んでいた。預言者自身も死んだ。不死身でいるのは神のみだ。

後継者はいなかった。それからというもの、わしらの礼拝は無秩序になった。

この年には、他の多くの者がこの世を去っていった。無花果の広場に集う者は少なくなっていた。健常な腕がないため、わしらの土地は荒れたままになり、わしらのオリーブの木は放置された。もはや、アイッサの息子のムーサしかこうした仕事ができる者はいなかった。父親の惨憺たる埋葬の日から、この若者は何日もの間、びっこの死の原因だとして、絶えずオマル・エル・マブルークを激しく非難した。この男を殺すと脅しさえした。外国人に譲ってしまった父親の銃がないことを後悔しつつ、ナイフを武器に、県庁へ向かおうとした。それを引きとめるのに、わしらは大変骨を折った。

「入口の守衛をしている警察官が、あんたを絶対に入らせないだろうよ。わしらの多くの若者と同じように、あんたも刑務所に入れられるだけだ」

すると、アイッサの息子のムーサは圧搾場に昼も夜も閉じこもり、外に出るのを拒否した。圧搾機の隣で食事し、礼拝をしていた。

わしらがしつこく呼んでも、ドアを少し開けさせることしかできなかった。そして、わしらを厳しく非難するのだった。

「俺に時間を無駄にさせないで、自分たちのオリーブの世話でもしに行け。俺は圧搾機を修理してるんだ。もうすぐ、動かせるようになる。急いでオリーブを収穫してくれ」

これでわしの話はおしまいだ。この話の続きは、お前のほうがわしよりもよく知っている。お前は主要人物の一人なのだから。だが、お前に祖先の言葉を教えるのを怠ったがために、わしはお前のためにこの機械に向かって話そう。

「このばか者は誰だ？」オマル・エル・マブルークは秘書に尋ねた。

わしらは新しい村の外れで、忘れられて生きていた。ある日、小さい弁護士がわしらに会いに来た。弁護士は、わしらの陰鬱な諦めとは対照的に、喜びを表していた。

「息子が数日後にここに来るんだ」彼はわしらに打ち明けた。

わしらは彼が結婚していたことを知らなかったが、少しの驚きも見せずに、礼儀正しく祝いの言葉を言った。

「多少なりともあなたがたの息子でもあるのだよ」彼は陰謀家のような様子を少し見せながら言った。

そして、この子どもを法律という宗教の中で育て、裁判官にすることができたのだと弁護士は言った。

「ジトゥナに任命させることにも成功したんだ。難しいことではなかったが。候補者が殺到するというわけではなかったからね。見ているがいい。いずれ多くのことが変わるだろうから」

わしらは、まさにここで起こったすべての変化が自分たちを苦しませているのだということを、彼に気づかせた。

「これからやって来る変化は、あなたがたにとって有益だ」

何も変わることがないと固く信じていたわしらは、肩をそびやかした。

「もう遅すぎる。わしらは生き残りに過ぎない」

わしらは、法にかかわる男たちをむしろ警戒する傾向にあるということをつけ加えた。

「彼らの前に召喚されたときには、罰金を命じられる、反論のしようがない判決しか受けたことがない」

「司法を信じなければならない」

「経験によって、司法は強い者の味方だということを、わしらは知った」

「それは事実ではない。司法は法と平等のためにある」

「だが、自分は弱い者や貧しい者を弁護しようとしたせいで、その法律のせいで追放を命じられていると、あんた自身が言ったじゃないか」

「私のケースは少し特別だ」

「ともかく、今わしらが苦しんでいるのは、不正じゃない。わしらを時代遅れにする運命の不正というのなら話は別だが。だが、この不正に対しては裁判官は何もできない」

「裁判官は、少なくともオマル・エル・マブルークの権力の乱用からあなたがたを守ることはできる」

無礼すれすれのわしらの懐疑的な微笑みが、彼にわしらの不信を理解させた。

「あんたの息子なんだから、あんたと同じぐらい小さくて弱々しいに違いないこの裁判官が、強力なオマル・エル・マブルークと対峙できるだろうか？」

「息子はあなたがたが思っているよりも大きくて強いのです」

弁護士は、その息子が着くとすぐに、わしらに紹介したがった。

挨拶のときに、わしらはこの若者がわしらの言葉を知らないことに気づいた。そこで、わしらはコーランの言葉を使った。

弁護士の息子は、あらゆる点において、屋敷の地区に住んでいる文明人に似ていた。だが、その身長はわしらを驚かせた。オマル・エル・マブルークとほぼ同じぐらい高かったのだ。わしらは、夕食に二人を引きとめた。わしらには屠る家畜がなかったので、ジェルールの息子が肉屋に羊肉の塊をいくつか買いに行った。クスクスは味がなく思われた。正直なところ、自分の妻たちの経験の少なさや手落ちのせいにすることはできない。わしらの好物である料理に味がないことは、犠牲の儀式がなかったことによる規則違反が原因だと結論するより仕方なかった。

「わしらが送っている日々の味気なさと同じだ。この世を去った者は、今頃わしらほど不幸じゃないだろうよ」

この言葉が、わしらの夕べを苦々しい郷愁でいっぱいにした。父親の情熱と多弁は、寡黙なのか用心深いのか、どちらかであるこの若者の慎み深さを揺さぶることはなかった。彼は弁護士の場違いな発意に用心することを学んだに違いない。

「息子は聞いている。さあ、話しなさい、話しなさい」小さい弁護士は繰り返し言った。

わしらにはもう何も望むことはないこと、それよりも軽率にも新しい町へ移住したわしらの息子たちの権利を守るために努力してほしいということを、わしらは説明した。

「わしらは自分たちの運命を自分で選んだのだから、責任はわしら自身にある。わしらの孫たちはわしらを否認し、別の道を歩んだ。間に立ったわしらの息子たちは、混乱と苦しみの中に生きている。いちばん不幸なのは、彼らだ」

「息子はあなたがたの話を聞くためにここにいるのだ。だから、話しなさい。」弁護士は繰り返した。

ためらいを表す身振りを見せた後で、鍛冶屋のジェルールの息子が、何カ月も前から圧搾場に閉じこもっているムーサのケースについて話した。

「それは、何のことですか？」裁判官が聞いた。

父親が、フランス人《ルーミー》の言葉で簡潔に事の成り行きを話した。

「その条令は不当だし、不法です。取り下げることができます」裁判官は結論した。

「でも、それが何になる？」年老いた弁護士がいきり立って言った。「この驢馬を使った圧搾機は、ムーサの祖父の時代のものだ。その歯車は、私の関節よりもさらに炎症を起こしている。もう動かすことはできないだろう。放置されたままになっているあなたがたのオリーブの木が、誰も摘みに行こうとしない果肉よりも種の大きい実しかつけないことを差し引いてもだ。その上、精製されておらず、舌が焼けるような味のするオリーブ油は、もう誰も欲しがらないだろう」

「コーランがオリーブ油を勧めている」わしは言った。「オリーブ油は、わしらの体の多くの病気を治してくれる」

「圧搾場の閉鎖はアイッサの死を引き起こした。その後継者も同じ運命をたどろうとしている」ジェルールの息子はつけ加えた。「また機械の歯車を動かす自由を得れば、ムーサは隠れ家から出てくるだろうと、俺は確信している。風車が空回りしようと、それは問題じゃない。機械を止めるかどうかは、ムーサ自身が決めればいい。この問題の遺産を廃業するかは、ムーサ自身に決めさせるべきだ。風車は年を取っているが、ムーサはまだ若い」

「どうせ勝つ見込みのない訴訟のために戦うことになるかもしれないぞ」小さい弁護士は反論した。

「そもそも、人はあんたのことを勝つ見込みのない訴訟をする頑迷な弁護人だと言っていたのではないかね？」

裁判官は、それが無礼だということに気づく様子もなく、立ち上がった。

「オマル・エル・マブルークと対峙しなければならないときが来た」彼は告げた。「あんたはオマル・エル・マブルークを知らない」わしは答えた。

「この男は強く、権力がある。この男の怒りは恐ろしいが、あんたにはまだ口髭さえない」

「曲芸師のチョウゲンボウの例を思い出してください。勝利はもっとも決意の固い者に輝くのです。私はこの男に返さねばならない古い借りがあるのです」


「このばか者は誰だ？」

恐れおののいて服従し続けたがために背中の曲がった秘書は、オマル・エル・マブルークの不機嫌をなだめようとしていた。

「裁判官です」

「それはわかってる、間抜け。それで？　どの家族の者なんだ？　どの派閥に入ってるんだ？　そいつを守ってる権力者は誰なんだ？　こんな風に俺に立ち向かおうとするからには、強力な後ろ盾があるに違いない。敵の新しい策略だろうか？　ここに俺を追放しただけじゃ足りないっていうのか？」

「小さい弁護士の息子だという話です」

「へえ？　だが、あの男はもう何の影響力もないはずだが。それで、いつ来たんだ？」

「一カ月ほど前です」

「どうして俺は知らされてないんだ？」

「もうお話ししました。でも、来させるには価しないと判断されたのです」

「来させるべきだった。状況を説明しておけば、やつがこんな失策をしでかすのを避けられたのに。やつは本当に俺の条令を取り下げたのか？　俺が誰だか知らないのか？　父親がやつに言っておくべきだったのに。大急ぎで警官を二人送って、手錠をかけてそいつを連れてこい。俺が聞く耳を持つことと服従することを教えてやる」

三十分後、秘書は再びオマル・エル・マブルークの事務室に姿を現した。

「やつはどこだ？」

「来ることを拒否しています」

「何だって？　ばかな警官はスーパーの小娘たちを感心させるためだけにピストルを携帯させてるとでも思ってるのか？　このはったり屋の腹にピストルの銃口を突きつけてやることができないのか？」

「相手は司法官です」

「ここでは唯一の司法官は俺だということを何度繰り返さなきゃならないんだ？　こいつの仕事は、土百姓に税金を払わせることと都会人になった農民たちの近所関係のいざこざを解決することだけだっていうのがわからないのか？　警察が連れてくる不良どもに厳しい判決を下すことで満足しなければならないってことも？　どうして俺を攻撃するんだ？　俺に恨みでもあるのか？　父親が俺を悪く言ったのか？　ばかをしでかそうとしなければ、こいつだって大臣でいられたはずだ。この男は危険だ。山のてっぺんにある、俺の祖父のハッサンのあばら屋にこいつを送ることにしよう。そうすれば、狐や猪に自分たちの権利を教えることができるだろうよ。圧搾機がもう何の役にも立たないことも、低所得者住宅の住民がスーパーで売っている透明で味のない油を好むようになったことも知っている。だが、それはこの問題を深刻にするだけだ。この判決は挑戦を意味してるってことだからな。俺が反応しなければ、前例がやつに自信を持たせる。この青二才は、相手が誰なのかわかるだろう。ばかげた法服が俺の怒りから守ってくれると思ったら、大間違いだ」

オマル・エル・マブルークが非常に勢いよく立ち上がったので、机が倒れた。たったの三歩で戸口まで行き着くと、彼は肩でドアを押した。そして、知事が廊下に飛び出すと、職員たちにパニックが起こり、彼らはあらゆる出口から姿を消すか、嵐をやり過ごすために壁にはりついた。オマル・エル・マブルークは県庁の正面階段に現れ、見張りの警官を胸で押しやってどけ、裁判所のほうへ大股で向かった。通りすがり、すべてを混乱におとしいれ、法廷を凄まじい勢いで横切り、事務所を調べた。それから、恐れをなした使用人が指した方向へ向かって、裁判官の部屋がある上階へ上った。

知事が非常な勢いで侵入したにもかかわらず、その場にいた二人の男はまったく動揺しなかった。裁判官は、尊敬すべき訪問客を迎えるために立ち上がった。

二人の男は、長い間見つめ合った。

小さい弁護士によると、この場面の後、オマル・エル・マブルークは魅力に取りつかれたかのように、突然態度を和らげ、相手が示した席におとなしく座ったという。おそらく、自分を直視できる男に出会ったことに、狼狽していたのだろう。

「あなたを待っていた」裁判官は言った。

小さい弁護士は、歓喜のうちにこの場面を観察していた。

「この話は何なんだ？」知事が聞いた。

「風車を閉鎖するのに、合法な理由がまったくない。だから、告訴人の訴えを認めたのだ」

「俺は自分の初めてのいたずらと同じぐらい、このオリーブをすりつぶす機械には興味がない。それはお前も同じだろうと思う。お前は俺を挑発しようとしたんだ」

「私は裁判するためにここにいる」

「お前の裁判など、どうでもいい。誰のおかげで、お前は大学の席に座って、複雑であるのと同じぐらい無駄な法律の勉強に没頭している振りをしながら、かわいい女の子の尻に自分の尻を押しつけられたと思ってるんだ？　お前たちを解放するために武器を取った俺と俺の仲間がいなければ、お前はいまだに糞の残りかすがついた木靴をきれいにしているところだ。誰のおかげで長衣を着られるのか忘れるなよ」

「植民者に取って代わる目的で、武器を取ったのでは？」

「お前にはどこかで会ったな」

「いいえ」

「お前は誰なんだ？」

「自分の仕事をすることに満足している者だ」

「お前の父親がこんな風に俺に反抗するようけしかけてるのか？」

「いや、全くそうではない」

「じゃあ、誰がお前を送ってきたんだ？」

「年老いた山賊のハッサン・エル・マブルークだ」

「俺の祖父だって？　ずいぶん前にやつは死んだ」

「おそらく」

「じゃあ、この話はいったい何なんだ？」

裁判官は立ち、壁に掛けてあった銃を手に取った。そして、知事に手渡すと、知事は機械的に受け取った。

「ここにいる男は、私の本当の父親ではない」

「じゃあ、お前は誰なんだ？」

「この銃を相続した者だ。この銃を知ってるか？」

「いいや」

「これは、ハッサン・エル・マブルークの銃だ。言っておくが、弾が装填してある。だからいじくるのはやめろ」

ここで初めて、小さい弁護士が口を開いた。

「中尉の館を襲ったときにハッサン・エル・マブルークが捨てたこの銃を拾ったのは、私だ。それから、出産のときに死んだウリダの息子を引き取ったのも私だ。ウリダはあなたの妹だ」

「お前たちの話は作り話だ。俺には妹などいない。いたことなどない。ウリダは存在したことなどない。中尉の腕の中に身を投げに行ったあの淫乱な雌犬は、俺の妹なんかじゃない」

「妹の記憶を尊重するべきだよ」小さい弁護士は続けた。「彼女はあなたより尊敬すべき人物だったのだから。知っているかもしれないが、私はウリダのことをよく知っている。あなたには、彼女が生きた悲劇が想像できるに違いない。後悔しているからこそ、彼女の存在を否定するところまで行き着いたのだろう。それとも、あなたは本当に彼女を自分の心から消すことができたのかもしれない。裏切りの思い出を消し去ったのと同じようにね。ウリダがあなたをマルシアルの娘のスザンヌの腕から引き出しに来た後、あなたたちの間に何が起こったのか思い出すがいい。それから、その他の夜に起こったことも。淫乱な犬はあなただ。あなたが抵抗運動に参加したときには、彼女はすでに中尉に妊娠していた。スキャンダルが発覚するのを避けて、彼女はあなたを守ろうとしたんだ。彼女は、中尉に館で引き取ってもらえるよう懇願した。中尉は、彼女を女中として雇うことを受け入れた。だが、彼は恋に落ちた。そして結婚を申し込み、子どもを養子にすることを提案した。ところが、ムスリムでない男と結婚することによって、自分の信仰に反することを怖れた彼女は、それを拒否した。この可哀想な娘は、苦難をなめた。士官と合意の上で、われわれは子どもの誕生を秘密にした。あなたのであれ、彼のであれ、子どもは追放者として生きねばならなかっただろう」

しばらく黙った後で、弁護士は立った。

「私は出て行く。これはあなたたち二人で解決する問題だ。私はあなたの息子に銃を渡した。それはあなたの手に渡ったばかりだ。だから、決めるのはあなただ。あなたは裁判官に銃口を向けて、引き金を引くことができる。そうすれば、あなたに反対する者は誰もいなくなる。だが、あなたにはもう一つの別の道がある」

オマル・エル・マブルークは椅子から飛び上がった。

「この男は俺の息子じゃない。中尉が淫売のウリダとつくった私生児だ！」

オマル・エル・マブルークは銃を持ったまま、慌てて出て行ったという。そして、自分の邸宅の周囲に十名ほどの警察官を警備のために配置し、自分は閉じこもった。

ある者は、彼が自殺したと言う。だが、誰も本当のところを知らない。お前は彼の息子だ。会いに行ったほうがいいと、わしは思う。

ほら、アッラーの助けによって、わしの話は終わりにたどり着いた。もう機械を止めていい。

この礼拝室は暗くなり始めた。一緒に来るがいい。外に出よう。そして、少し歩こう。見てみろ。太陽が沈もうとしている。お前がわしの言葉を知っていたら、無花果の広場がどこなのかわしに必ず質問したに違いない。そこだ。わしらの目の前だ。木はなくなってしまった。奇妙な病が木の根を冒し、風の強いある日、倒れてしまったのだ。永遠の恋人たちのように絡み合ったままでね。わしらの存在はこれらの木と繋がっている。根は、今でも生きている。若芽が出ているのが見えるだろう。この芽は生き残れるだろうか？

お前が支えてくれるなら、少し畑を歩いて、草の匂いを吸ってみよう。この話は、わしの若い頃の思い出を呼び起こした……。昔のことだ……。ずいぶん昔のことだ……。わしは、死にたいと思う。

訳注

（1）　いずれもムスリムにふさわしくないとされる行為。飲酒と豚肉の摂取は禁じられている。また、口髭は一人前の男性の威厳のしるしだと考えられている。

（2）　ここでいう預言者とは、ムハンマド（マホメット）のこと。この点については様々な解釈が存在するものの、イスラームにおいて肖像は好ましくないとされていることから推測できる。

（3）　植民地時代のアルジェリアには、フランスにならった市町村制が布かれた。これらの市町村は、フランス人居住者が多数の「(自治）完全施行町村」、フランス人居住者がいない「原住民町村」、フランス人居住者が少数の「混合町村」に区別された。「(自治）完全施行町村」では町村会が首長の選出や予算等の決定権を持つ一方、「原住民町村」では軍人行政官、「混合町村」では文官行政官が行政権を行使した。

（4）　一九五五年からアルジェリア独立の一九六二年まで存在した。アルジェリア独立戦争の勃発は、僻地における管理行政の不備のせいだと考えたフランス政府が、都市部から離れた地域に置いた機関。その使命は、住民とのコンタクトを図ること、中央の監視から逃れがちな混合町村の行政に介入すること、治安維持等にあった。

（5）　北アフリカの部族に存在する聖者（スーフィズムの聖者とは異なる）。聖なる系譜を持つとされ、部族の精神的指導者の役割を果たす。

（6）「グーム」は通常、植民地時代にフランス軍に投入されたアルジェリア人とモロッコ人の部隊を指す。ここでは、十六世紀以降オスマン帝国の支配下にあったアルジェリアがフランスの侵略（一八三〇年）を受けた際に、オスマン側について戦った現地人部隊。

（7）緑はイスラームを象徴する色。

（8）「神に絶対的に服従する者」を意味するアラビア語。拙訳では、「イスラーム教徒」という言葉を用いず、「ムスリム」という言葉を用いた。

（9）実際には、一八三〇年六月十四日にフランス軍がアルジェから二十五キロのシディ・フルージュに上陸、七月五日にアルジェのデイ、フサインが降伏した。

（10）コーランに描写される天国には、乳の川、ワインの川、蜂蜜の川が流れている。そして、「フーリー」と呼ばれる美しい娘たちがいるとされる。

（11）北アフリカで行われる騎馬による戦闘をまねた伝統的パレード、ファンタジアのこと。アルジェリアの作家、アシア・ジェバールの小説『愛、ファンタジア』（石川清子訳、みすず書房、二〇一一年）は、ファンタジアを題材としている。

（12）ムスリムの五つの義務、五柱のうちの一つ。一日の最初の礼拝である夜明けの礼拝の他、正午、午後、日没、夜半の礼拝がある。これらの礼拝は、任意の場所で個人的に行うことができるが、金曜日の正午の礼拝はイマームの指導の下で行われるのが原則。

（13）ムスリムの五柱の一つ。ヒジュラ暦（イスラーム世界で使用されている太陰暦）のラマダーン月（九月）の一カ月間、日の出から日没まで、飲食、喫煙、性交が禁じられている。

（14）イスラームにおいては、家畜の屠殺の方法が定められている。それに従えば、「アッラーの御名においてアッラーは偉大なり」と唱えながら鋭利な刃物で動物の頸動脈とのど笛を一気に切らなければならない。

（15）シーア派イスマーイール派から派生したニザール派に与えられた異称。ニザール派はペルシャの要塞アラムート城を拠点としたハサン・サッバーフ（?〜一一二四）によって創設され、十二〜十三世紀に存在した。彼らと接触した十字軍兵士によって、彼らは大麻を服用して暗殺を企てるとヨーロッパに伝えられた。そこから、アラビア語の大麻常用者（hashshāshūn）から暗殺者（assasin）という名詞が生まれた。「暗殺教団」の名はこの伝説による。

（16）中世のアラブ世界の文学、地誌等に表れる島。場所については、アフリカかアジアとされ、マダガスカル、スマトラ、日本等様々な説がある。この島には、人間の顔をした実がなる木があるとされる。

（17）シーア派のこと。預言者ムハンマドの死後四代目のカリフとなったアリーを初代イマームとする。代々のイマームにはアリーが預言者から授けられたとする秘義が伝えられるが、第七代（イスマーイール派）、あるいは第一二代目（一二イマーム派）のイマームは「隠れ（ガイバ）」の状態に入っており、世の終末に再臨するとされる。フサインはアリーの息子で、六八〇年にウマイヤ朝（スンナ派）との戦いの際に死亡した。アルジェリアでは、スンナ派が大多数。

（18）聖書のエゼキエル書と黙示録に、イスラエルと神に敵対する悪の力として現れる。また、コーランにも国を荒らしに来る種族として現れる。

（19）コーランにゴグとマゴグの襲来を防ぐためにアレクサンドロス三世が築いた壁として現れる。（『コーラン（中）』一八章「洞窟」八二〜九八節、井筒俊彦訳、岩波文庫、一九五八年、一二三〜一二五頁）

（20）悪魔の頭。神がアダムを造り、その場にいる天使たちに跪拝を命じるが、イブリースだけが拒んだため神の怒りを買う。（『コーラン（中）』一五章「アル・ヒジュル」二六〜五〇節、井筒俊彦訳、岩波文庫、一九五八年、一六七〜一六八頁）

（21）信仰を共通点とするムスリムたちは一つの共同体《ウンマ》を形成しているとの考えから。

（22）北アフリカの女性たちが儀式や集まりの場で、喜びや怒りの感情を表すために発する叫び。

（23）コーランの言葉とは文語アラビア語である。文語アラビア語は、アルジェリア方言のアラビア語を母語とする人々には学ばない限り理解できない。この部族の人々の言葉はアラビア語ではなく、北アフリカ土着の言語であるベルベル語である可能性もある。「寒いところ」は、この作品の中では権力との関連を示している。

（24）第四代正統カリフ（預言者ムハンマドの死後四代にわたったカリフが正統カリフとされる）。ムハンマドのいとこであり、その娘ファーティマの夫。武芸に秀でていた。

(25) 原文では、frigoriphage という作者による造語が用いられている。この表現は、権力者の代名詞として使われている。

(26) イスラームにおいては、この世の終末に人間は墓から出され、死ぬ前の姿に戻り、復活する。そして、神の審判を受け、天国へ行く者と地獄へ行く者に分かれる。

(27) ヒジュラ暦（イスラーム暦）は太陰暦であり、断食月の始まりを知るために、新月に続く三日月の出現が観察される。しかし、三日月が現れる日にちは場所によってずれがあり、このような曖昧な状況があり得る。

訳者あとがき

本書は一九八九年にパリの出版社、ロベール・ラフォン社より出版されたRachid Mimouni, *L'Honneur de la tribu* の全訳である。この作品は、一九九五年に肝炎が原因で亡くなるまでの間に作者が出版した主要な十作品のうち、五作目にあたる。なお、この小説は初版が刊行されたのち、一九九〇年にアルジェのラフォミック社とパリのフランス・ロワジール社から、一九九一年にリブレリー・ジェネラル・フランセーズ社から文庫本シリーズ「リーヴル・ド・ポッシュ」の一冊として、そして一九九九年にパリのストック社から再版された。また、訳者の知る限りではイタリア語、デンマーク語、英語、ドイツ語に翻訳されている。翻訳にあたっては、Rachid Mimouni, *L'Honneur de la tribu*, Éditions Stock, 1999 を底本とした。

作者とその作品

ミムニは一九四五年、アルジェから三十キロ東に位置する町、ブードゥーアウの貧しい農家に生まれた。子供時代は病気がちで、勉学に明け暮れていたという。その後、アルジェ郊外のルーイバの高等学校、アルジェの大学に通う。一九六八年に化学の学士号を取得し、アルジェの工業専門学校で教鞭を取る。それから、モントリオールで大学院に通い、経営学を学ぶ。帰国ののち、アルジェの研究所にて経営学を、それからアルジェ大学で経済学を教える。一九九二年の『一般的な野蛮から特殊な原理主義まで』の出版を機に、ミムニはイスラーム原理主義者の脅迫にさらされるようになる。当初は亡命を拒否するものの、家族が標的になることを怖れてタンジールで亡命生活を送る。タンジールを亡命先に選んだのはアルジェリアに似ている場所だからだと、ミムニは述べている。一九九五年二月十二日にパリの病院で肝炎が原因で亡くなる。

アルジェリアは一八三〇年から一九六二年に独立を獲得するまでフランス領であり、ミムニの誕生当時のアルジェリアはフランスの海外県であった。ミムニがフランス語作家であることの背景には、このような歴史がある。百三十年にわたる植民地支配は、アルジェリアでのフランス語使用の浸透をもたらした。アルジェリアの作家によるフランス語で書かれた小説は一九二〇年代に現れ始める。しかし、アルジェリア文学のもっとも有名な作家が現れるのは、一九五〇年代に入ってからのことである。アルジェリア文学の代表的な作品となる作品の多くはこの時期に出版される。ムルド・フェラウン（Mouloud

Feraoun, 1913-1962）の『貧者の息子――カビリーの教師メンラド』（*Le Fils du pauvre*, Le Seuil, 1951. 邦訳、水声社、二〇一六年）、モハメド・ディブ（Mohammed Dib, 1920-2003）の『大きな家』（*La Grande Maison*, Le Seuil, 1952. ディブの作品では『アフリカの夏』〔河出書房新社、一九七八年〕が邦訳されている）、ムルド・マムリ（Mouloud Mammeri, 1917-1989）の『忘れられた丘』（*La Colline oubliée*, Plon, 1952. マムリの作品では、『阿片と鞭』〔河出書房新社、一九七八年〕が邦訳されている）、カテブ・ヤシン（Kateb Yacine, 1929-1989）の『ネジュマ』（*Nedjma*, Le Seuil, 1956. 邦訳、現代企画室、一九九四年）、アシア・ジェバール（Assia Djebar, 1936-2015）の『渇き』（*La Soif*, Julliard, 1957. ジェバールの作品では『墓のない女』〔藤原書店、二〇一一年〕、『愛、ファンタジア』〔みすず書房、二〇一一年〕が邦訳されている）などである。そして、独立戦争（一九五四～一九六二年）を経てアルジェリアが独立した後に、執筆を続けるディブ、マムリ、カテブ、ジェバールらの傍らでアルジェリア文学の次世代を担うのが、処女小説『離縁』（*La Répudiation*, Denoël, Paris, 1969. 邦訳、国書刊行会、一九九九年）を一九六九年に出版したラシード・ブージェドラ（Rachid Boudjedra, 1941-）、『骨探し』（*Les Chercheurs d'os*, Le Seuil, 1984）の出版を機に小説家としての活動を始めるターハル・ジャウート（Tahar Djaout, 1954-1993）、そしてラシード・ミムニである。

ミムニは一九七八年にアルジェリア唯一の出版社である国営出版社 SNED から処女作を出版する。この小説『そして春はより美しく』（*Le Printemps n'en sera que plus beau*, la SNED, Alger, 1978）は、唯一ミムニがアルジェリア独立戦争を中心的なテーマとして扱った作品である。アルジェリアの出版社の引き出しに眠っていたこの作品は、実際には作者の若き日に書かれたもので、独立への希望とともに独立戦争の渦の中で恋愛関係にありながら愛を全うすることのできない若者たちの悲劇を描いている。散文、演劇、詩といったジャンルが交錯するこの作品は、アルジェリア文学の巨匠であるカテブ・ヤシンに大きく影響を受けて書いたものであることをミムニ自身が認めている。

ミムニの二作目の小説、『生きるべき平和』（*Une paix à vivre*, ENAL, Alger, 1983）がSNEDの後身であるENALから出版されたのは、一九八三年のことである。実際には一九七〇年代初めに書かれたこの作品は出版社で眠ったままとなり、フランスで一九八二年に出版された三作目の小説『曲げられた川』の成功を受けて、翌年やっと出版されたという経緯を持つ。さらに、この作品は大幅な検閲の対象となり、読者へのメッセージがまったく届かない作品となってしまったことが、作者自身によって明かされている。この事件はミムニに以後フランスでの出版を決意させる。『生きるべき平和』は独立直後のアルジェリアの師範学校を舞台とし、独立戦争中の爆撃によって家族を失った主人公の目を通して、独立したばかりの国が抱える傷と希望を表している。

最初の二作はしばしばその若き日の習作的な性格が批評家たちによって指摘されたが、その顕著な政治的性格によって前の二作品とは一線を画するのが『曲げられた川』（*Le Fleuve détourné*, Robert Laffont, 1982）である。この作品よって、ミムニは一躍注目を浴びる。『曲げられた川』というタイトルは運命をねじ曲げられた一国のメタファーである。主人公の靴職人は独立戦争に参加するが、フランス軍の爆撃を受けた際に頭に怪我をし、記憶を失ってしまう。アルジェリアの独立後も外国の病院に残って庭師として働くが、ある日記憶を取り戻す。そこで、靴職人は自分の村と家族を探すことにする。しかし、戦死者の碑に名前を刻まれた彼は、自分の生還が歓迎されるどころか、むしろ邪魔ですらあることに気付かされる。家族を求めてさまよう道すがら、農村からは人々が去り、市場には品物がなく、町では自由がないことを発見する。その上、やっと見つけた妻は名士たちの妾となって暮らしており、息子は彼を父親として認めないばかりでなく、独立戦争に参加した世代が独立後の社会を築くことに失敗したとして非難する。進むべき道からそれた独立後のアルジェリア社会を厳しい目で見つめ、植民地政府に取って代わった一党独裁政府に対する批判を向ける作者の新しい作風は、その後も続くことになる。

一九八四年に出版された『トンベザ』(*Tombeza*, Robert Laffont, 1984)にも、前作に続き独立後のアルジェリアに対する作者の厳しい視線が現れている。『曲げられた川』と『トンベザ』は国営出版社ENALによっては出版されず、アルジェリアの読者はそれぞれ一九八五年と一九八六年に実現した私営出版社ラフォミックからの出版を待たなければならなかった。主人公のトンベザは、アルジェリアのもっとも暗い部分を体現した人物である。強姦されたがゆえに家族から蔑まれ、父親の折檻が原因で亡くなった母親から生まれたトンベザは、彼女が受けた暴力のせいで生まれつき不具で醜い。孤児だという理由で社会から疎外されたこの主人公は、憎しみを心に抱いて育っていく。そして、アルジェリア独立戦争の際にはフランス軍に協力し、権力を得る。独立後には、かつて助けた独立運動側の兵士の介入によってあやうく処刑を免れる。アルジェリア独立後、病院で下働きを始めたトンベザは院長の補佐の地位まで登りつめる。汚職にまみれた警視の使い走りとなることによって権力を手にし、それを濫用する。

しかし、警視自身の手によって撃たれる。乱暴を受けた母親から不具として生まれ、フランスに協力し、独立後に権力を濫用するトンベザは、植民地支配という暴力を経て独立したものの、不正のはびこるアルジェリアのもっとも暗く、もっとも告白しがたい部分を象徴している。ミムニは後ろめたい過去を赤裸々にすることによってしか前進できないことを、この作品を通じて表現しているのである。

独立後のアルジェリア社会の告発は、次の作品『部族の誇り』（一九八九年）に受け継がれる。この作品は出版当時、批評家によって絶賛され、「フランス・アラブ友情賞」（Prix de l'amitié franco-arabe）を受賞する。この作品の成功は、一九九三年に同じ題名のもとにフランス、アルジェリアの合作で映画化されたことにも現れている。この作品によってミムニはアルジェリアにおいてもフランスにおいても、一躍大作家としての地位を築くことになる。『曲げられた川』、『トンベザ』と並んで、『部族の誇り』は独立後のアルジェリアに対する幻滅と失望の三部作をなすとされている。

三部作に共通するアルジェリア社会への批判は、七つの短篇小説からなる『鬼女の帯』（*La Ceinture de l'Ogresse*, Seghers, 1990）に受け継がれる。アカデミー・フランセーズ賞を受賞したこの短篇集の登場人物たちは、それぞれ自分の仕事を遂行しようとするが、不条理な決定がはびこる社会において壁に突き当たる。これらの短篇は、前進を妨げられた社会に対する作者の危機感を表現しているのだ。

次作の『生きるべき苦しみ』（*Une peine à vivre*, Stock, 1991）では、ミムニは初めて視点を権力者の側へと移す。死刑に処されようとしている主人公の独裁者は、自分自身が多くの人々を送った壁を背にして自分の一生を思い起こす。極貧の少年時代を送ったのち、軍に入隊し、士官となった主人公は、心に秘めた復讐心とその才覚によって大元帥の側近の地位にまで登りつめる。そして、ついには大元帥に対してクーデターを起こし、自身がその地位に就く。しかし、一人の女性への愛がもとで、今度は自分自身が大元帥の地位を失う。独裁者の像は実在の人物を題材としているようにも思えるが、小説の舞台が特定されていないばかりかモデルを特定できるような記述は一切ない。実際のところ、この作品の独裁者は世界中の複数の独裁者をもとに作家が想像したものである。しかし、官僚主義、汚職、不正といったテーマはこれまでの作品と共通している。

フィクションが圧倒的な位置を占めるミムニの作品のなかで、『一般的な野蛮から特に原理主義まで』(*De la barbarie en général et de l'intégrisme en particulier*, Belfond - Le Pré aux Clercs, 1992) は、告発文のかたちを取っている。一党独裁制から複数政党制へと移行したのち、一九九一年にアルジェリアで初めての民主主義的選挙が行われるが、結果はイスラーム原理主義政党、イスラーム救国戦線(FIS)の大勝利であった。翌年予定されていた第二回投票は行われず、軍による事実上のクーデターが起こる。この事件以降、アルジェリアはイスラーム武装集団(GIA)によるテロの渦に巻き込まれていく。『一般的な野蛮から特に原理主義まで』はこの第一回投票の選挙結果を受けて、作者が緊急に発表した作品である。イスラーム原理主義を告発するテクストはラシード・ブージェドラによっても出版され、アルジェリアで発禁となった一方、ミムニのエッセーはアルジェの民営出版社から出版されるのだが、この出版社は過激派による攻撃の対象となる。ミムニはこの告発文のなかで、「七世紀のアラビアでの生活」に戻ろうとするイスラーム原理主義者に対する批判とともに、民主主義政党の台頭を避けたいがゆえにＦＩＳを優遇したとして政府を非難する。この告発文の出版をきっかけに、ミムニはイスラーム原理主義過激派による脅迫を受けることになる。

ミムニの最後の小説となる『呪い』（*La Malédiction*, Stock, 1993）の舞台は、イスラーム原理主義者によって管理されることになった病院である。主人公のカデルはこの病院で産科医として働いている。経営陣が替わってからというもの、病院では未婚の母は追放され、患者の治療よりも宗教の厳格な実践が重視されるようになる。患者に関する書類を盗んだかどで告発されたカデルは、死刑を言い渡され、イスラーム原理主義者となった兄の手によって処刑される。ＦＩＳの選挙での勝利に構想を得たこの作品は、当時のアルジェリア社会に対する作者の危機感を表現したものである。一切の希望を残さずに終わるこの小説の内容は衝撃的である。

ミムニの最後の作品は、死後出版となった『タンジールからのコラム』（*Chroniques de Tanger*, Stock, 1995）である。ミムニは、一九九四年一月から一九九五年一月までのほぼ一年の間、亡命先のタンジールで週一回ラジオ放送を通じてアルジェリア、そして世界中の出来事や政治情勢などの多岐にわたるテーマについてコメントした。『タンジェからのコラム』は、そのコメントを集めたものである。この作品は、脅迫を受けながらも最後まで発言をやめなかった作家、ミムニの抵抗のしるしだと言えよう。

このようにラシード・ミムニの足跡をその作品を介してたどっていくと、一つの共通点に気付かされる。アルジェリアの歴史と現在をいかに表現するかという問題が、ミムニにとって創作する上での最大の課題をなしていたのだ。そのなかでも、本作『部族の誇り』はアルジェリアの歴史とアルジェリア社会が抱える問題を表すべく、ミムニが細心の注意を払った作品だと言える。

『部族の誇り』

『部族の誇り』が出版された当時、ミムニはしばしばアルジェリアのガルシア・マルケスと評された。確かにこの小説は、『百年の孤独』を彷彿とさせる要素を数多く含む。ジトゥナ建設の物語はマコンドのそれを思わせるし、ハッサンに始まるエル・マブルーク家の物語はブエンディーア家のそれを思わせる。そして何よりも、このような評価の所以は『部族の誇り』がアルジェリア文学に新たな息吹をもたらした記念碑的作品だという点にある。

ジトゥナの物語は、部族の年老いた語り手によって一種の昔話のように始められる。昔話を聞く子どもが胸をわくわくさせながら話に引き込まれていくように、この冒頭のくだりは読者をこの話へと引き込む役割を果たしている。語り手はそれが「昔話ではない以上、子どもたちが禿げて生まれないよう夜を待って話し始める必要」のないことを断ってから、話を始める。「昔話ではない」としつつも、昔話との類似性が始めから示唆されているのだ。そして、年老いた語り手が話すという設定が、マグレブ地方に存在する口承文学の伝統を思わせる。

また、語り手は「わしらの言葉は古びてしまって、今でも使っているのは何人かの生き残りに過ぎない」ことを明かす。こうして、小説の最初の部分でアルジェリアの複雑な言語状況も明らかにされる。老人の使う言葉は、行政で使われている「フランス人《ルーミー》の言葉」とも「コーランの言葉」、つまり文語アラビア語とも違う言葉なのだ。モロッコの作家アブデルケビール・ハティビは、このような複数の言語が共存する言語状況を指して次のように述べている。

これは悪い冗談だ。われわれマグレブ人はアラビア語を（そこそこ）学ぶのに十四世紀、フランス語を（そこそこ）学ぶのに一世紀かかった。ベルベル語にいたっては大昔から書いたことがない。

マグレブ（モロッコ、アルジェリア、チュニジアの三国。その他にモーリタニアとリビアが加えられることもある）では、アラビア語は七世紀にアラブ軍がこの地方に侵入した際にもたらされた。それ以前からこの地方で話されていたのが、ベルベル語（ベルベル人自身は、自分たちをアマジグ人、自分たちの言語をアマジグ語と呼ぶ）である。そして、十九世紀にフランスはアルジェリアを植民地、チュニジアを保護領とし、二十世紀に入るとモロッコも保護領とした。ハティビの発言はこのような歴史を背景としている。この小説の部族の人々が使っているのも、おそらくは文字を持たないベルベル語の一つ（近年サハラで使われているベルベル語の文字ティフィナグを使用する運動が起こっている）であると考えられる。この複数の言語を使い分けながら生活しているジトゥナの人々の状況は、マグレブ地方の典型的な状況に他ならない。

そもそも、ジトゥナというこの村の名前自体がその普遍的な性格を表している。「ジトゥナ」とはアラビア語で「オリーブ」を意味する。地中海沿岸でどこでも見られるオリーブは、アルジェリアではありふれた植物なのだ。つまり、「ジトゥナ」とはアルジェリアのどこにでもあり得る村なのだと言える。そして、ジトゥナ誕生の物語もアルジェリアの歴史を典型的に描くものである。フランスがアルジェリアの植民地化を始めたときに、部族の有力な一門《ソフ》の頭たちは追放され、部族の人々は努力することなく収穫が得られた「幸福の谷」を取り上げられる。植民地時代のアルジェリアを専門とする歴史家のバンジャマン・ストラによると、実際フランス政府はアルジェリアをアメリカやオーストラリアのようにヨーロッパ人が多数を占める移住に基づいた植民地とすることを想定していたという。そのため、肥沃な土地はアルジェリア人から取り上げられ、ジトゥナの人々のように土地を失った人々は不毛な山間部へと移住せざるを得なかった。

それでは、アルジェリアが独立を達成した後なら、元の場所に帰れるのだろうか。この疑問に対する回答は、ジトゥナの一部の人々が「幸福の谷」に帰るために旅立ったエピソードによってもたらされている。やっと見出した「幸福の谷」はワイン生産のための葡萄畑になっている。しかも、フランス人植民者が去ったこの畑は国営の農園となっている。植民地時代に起こった変化は、アルジェリアを深く変えてしまっており、独立を達成したからといって一世紀以上後戻りすることはできないのだ。

そして、山間部の僻地で人々から忘れられて静かに暮らしてきたジトゥナの人々は、独立後に暴力的な改革に巻き込まれる。ミムニが自身の作品を通じて告発し続けた独立後のアルジェリア社会を巣くう病は、オマル・エル・マブルークという人物が体現している。部族の人々への憎しみに突き動かされたこの人物は、県庁所在地となったジトゥナに知事として帰還し、その独裁者ぶりを発揮する。オマル・

エル・マブルークは、権力を盾に住民の意向を無視して村を変えていく。墓地が移され、道がまっすぐになり、ユーカリの木とオリーブの木が伐採され、聖人の霊廟も移動させられ、街灯に照らされたジトゥナはすっかり様相を変える。しかし、語り手を含めた老人たちにとってもっとも恐るべき変化は、自分の子どもたちがオマル・エル・マブルークによってもたらされた変化に最終的に同意するようになったことである。彼らは新しく建てられた地区に住み、子どもを学校に送るようになる。

しかし、ジトゥナを襲った近代化の波は悪いことなのだろうか。物質的な近代化は人々の生活を便利にすることは間違いなく、また語り手の老人が重視する信仰、家父長制といった価値観は前近代的である。女性に対する老人の視線は非常に厳しい。このような老人の価値観は、明らかに作者自身が持っているものではない。しかし、問題なのはジトゥナの近代化が住民の意向を無視して、上からの指示によって行われることである。自分に都合のよい条令を連発するオマル・エル・マブルークは、独立後のアルジェリアの官僚主義とその腐敗を象徴している。そして、ジトゥナの住民はそれを甘受するより選択肢がないのだ。

その一方で、オマル・エル・マブルークは偶然ジトゥナに現れ、このような行動を取ったわけではない。彼がこれほど住民を自分の意のままにすることに固執する理由は、まさに彼がこの部族の出身だからである。

俺の父があの動物と戦うのを承知したのは、お前たちの名誉を守るためだった。そして、そのせいで死んだのだ。熊ではなくて、お前たちの卑怯さが父を殺したのだ。

熊との戦いに敗れたスリマンを手助けしなかったのは彼らであり、オマル・エル・マブルークの暴挙はこの部族の人々の行為と関係があるのだ。つまり、オマル・エル・マブルークの機嫌に付き合わされる彼らには、その責任がまったくないわけではない。すると、この物語は一転して次の推測にわれわれを誘う。一見すると数々の歴史的な出来事の犠牲者である部族の人々は、このオマル・エル・マブルークの行動に関して言えば、責任の一端を担っているのではないか。「歴史は執念深い」のだ。

このように、ミムニはアルジェリアがたどった歴史を架空の村、ジトゥナを介して表現している。例えば、ジョルジョーのような人物もその例の一つである。ジョルジョーは第一次世界大戦中にフランス軍の兵士としてドイツと戦い、戦後はフランスで労働者として働いた。二つの世界大戦の際に、フランスがアルジェリア人を含めた植民地出身の兵士を戦地に送ったこと、そしてアルジェリア人労働者がフランスの再建に貢献したことも歴史の一部だからである。

独立後の社会が新たな暴力によってねじ伏せられているこのような状況のなかで、希望はあるのだろうか。『部族の誇り』はもう一人の部族出身者にしてオマル・エル・マブルークの息子である裁判官を登場させている。裁判官は法の力によって人々を守れると信じている。オマル・エル・マブルークが自殺したのかどうか、裁判官が勝てるのかどうか、小説は示していない。しかし、倒れてしまった無花果の木の根はまだ生きている。一筋の希望を残し、物語は閉じられるのだ。

人名などの固有名の表記は、この作品の人物たちによって話されている言語がベルベル語か口語アラビア語であることを考慮に入れて、文語アラビア語の発音ではなく原文のアルファベット表記を優先した。

最後に、叢書《エル・アトラス》に拙訳を加えてくださったマグレブ文学研究会のメンバーの皆様にお礼を申し上げたい。また、私の遅れがちな仕事におつきあいくださり、丁寧に訳文をチェックしてくださった水声社編集部の井戸亮氏にこの場を借りて感謝を申し上げたい。

二〇一八年七月

下境真由美

著者／訳者について——

ラシード・ミムニ（Rachid Mimouni）　一九四五年、アルジェから三十キロ東に位置するブードゥーアウに生まれ、一九九五年にパリで没する。アルジェで化学の学士号を取得した後、高等商業学校で教鞭を取る。その後、モントリオールで経営学を学び、アルジェ大学で経済学を教える。一九九二年の『一般的な野蛮から特殊な原理主義まで』の刊行を機に、イスラーム原理主義者の脅迫にさらされ、タンジールで亡命生活を送る。独立後のアルジェリア社会を批判する作品を多く刊行し、代表作に『そして春はより美しく』（一九七八年）、『生きるべき平和』（一九八三年）、『曲げられた川』（一九八二年）、『トンベザ』（一九八四年）、『鬼女の帯』（一九九〇年、アカデミー・フランセーズ賞）、『生きるべき苦しみ』（一九九一年）などがある。本作『部族の誇り』は「フランス・アラブ友情賞」を受賞。

＊

下境真由美（しもさかいまゆみ）　セルジー・ポントワーズ大学（フランス）にて博士号取得（比較文学）。現在、オルレアン大学人文学部准教授。専攻、フランス語圏マグレブ文学、ポスト・コロニアル文学。主な論文に、「『愛せ、さもなくば去れ』？——マグレブ系フランス人による文学からの回答」（『人文学報』第五一三〜一五号、首都大学東京人文科学研究科、二〇一七年）などがある。

装幀——宗利淳一

部族の誇り

二〇一八年九月二〇日第一版第一刷印刷　二〇一八年九月三〇日第一版第一刷発行

著者――ラシード・ミムニ
訳者――下境真由美

発行者――鈴木宏
発行所――株式会社水声社
東京都文京区小石川二―七―五　郵便番号一一二―〇〇〇二
電話〇三―三八一八―六〇四〇　FAX〇三―三八一八―二四三七
［編集部］横浜市港北区新吉田東一―七七―一七　郵便番号二二三―〇〇五八
電話〇四五―七一七―五三五六　FAX〇四五―七一七―五三五七
郵便振替〇〇一八〇―四―六五四一〇〇
URL : http://www.suiseisha.net

印刷・製本――モリモト印刷

ISBN978-4-8010-0242-5

叢書《エル・アトラス》

貧者の息子　ムルド・フェラウン／青柳悦子訳　二八〇〇円

部族の誇り　ラシード・ミムニ／下境真由美訳　二五〇〇円

大きな家　モアメド・ディブ／茨木博史訳　（近刊）

ムルソー、対抗調査　カメル・ダウード／鵜戸聡訳　（近刊）

移民の記憶　ヤミナ・ベンギギ／石川清子訳　（近刊）

ドイツ人の村　ブーアレーム・サンサール／青柳悦子訳　（近刊）

［価格税別］